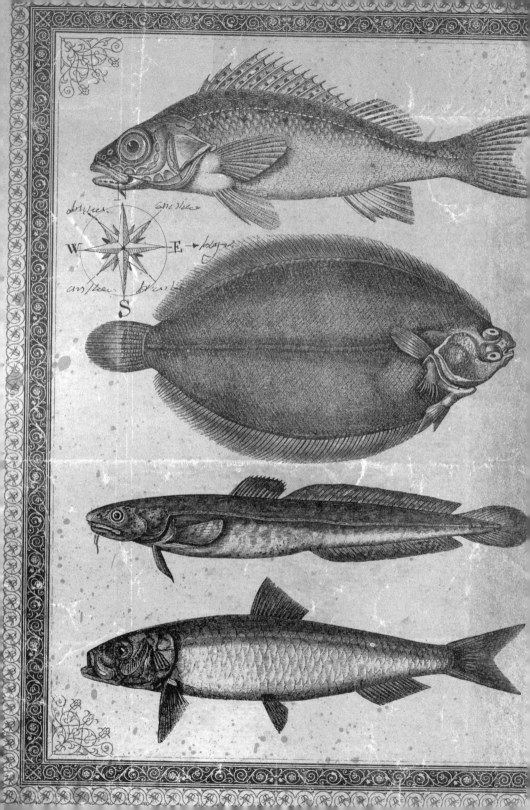

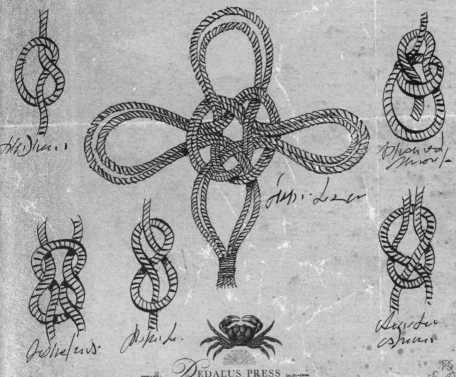

DEDALUS PRESS (A.D. 1906)
Printing-Machine, Press, Type, Material, and Roller Manufacturers.

15

虚幻之海的海盗

[意] 尤利西斯·摩尔/著　顾志翱/译

中国出版集团　现代出版社

版权登记号：01-2018-8335

图书在版编目（CIP）数据

虚幻之海的海盗 /（意）尤利西斯·摩尔著；顾志翱译 . —北京：
现代出版社，2021.3（2021.6重印）
（尤利西斯·摩尔推理冒险系列）
ISBN 978-7-5143-8743-8

Ⅰ . ①虚… Ⅱ . ①尤… ②顾… Ⅲ . ①儿童小说 - 长篇小说 - 意大利 - 现代
Ⅳ . ① I546.84

中国版本图书馆 CIP 数据核字（2021）第 018964 号

虚幻之海的海盗

作　　者	[意]尤利西斯·摩尔著
译　　者	顾志翱
责任编辑	崔雨薇
出版发行	现代出版社
通信地址	北京市安定门外安华里 504 号
邮政编码	100011
电　　话	010-64267325　64245264（传真）
网　　址	www.1980xd.com
电子邮箱	xiandai@vip.sina.com
印　　刷	永清县晔盛亚胶印有限公司
用　　纸	710mm×1000mm　1/16
印　　张	14
字　　数	180 千字
版　　次	2021 年 4 月第 1 版　2021 年 6 月第 2 次印刷
书　　号	ISBN 978-7-5143-8743-8
定　　价	39.90 元

宝藏就藏在某个地方，勇敢地去寻找吧！

跨过面前的高山，

克服重重困难，

宝藏就在前方等着你们。

去吧！

——鲁德亚德·基普林《探险者》

尊敬的编辑：

　　此时的我正在自己的书房里看着书架上整齐码放着的书本，这些书从我小时候开始就一直陪伴我，而那些尤利西斯·摩尔的手稿就在我的手边。

　　我的那些书讲述的都是一些关于海底和其他神奇国度的冒险故事。虽然我很清楚自己可能一辈子都没办法去那些地方，但是在我小时候仍然会沉迷其中，无法自拔。直到现在，这个梦想依然陪伴着我。通过阅读，我能想象出属于自己的菩提树，我能想象出隐藏于刚果丛林里的蓝宝石之城，我还能想象出西伯利亚的样子，尽管我从来都没去过，但是我通过迈克·斯特罗格夫的作品了解了那里，如果你们不知道他是谁的话，可以查阅一下关于他的资料。

　　我在翻译手稿时，脑海里会不停地浮现出这些书本，因为那些虚幻之地同样也出现在了穆雷、米娜、肖恩和康纳的故事里，他们还拥有墨提斯号——这艘能借助蓝色之海的洋流到达所有虚幻之地的船只。

　　在首次出航的时候，这些孩子在加里比教授的帮助之下为墨提斯号重新缝制了船帆，并最终抵达了尤利西斯·摩尔的故乡——基穆尔科夫。但那个小镇和以前相比已经有了翻天覆地的变化。

　　此时的基穆尔科夫已经变成了一个荒废的小镇，许多居民甚至连尤利西斯·摩尔本人都不知踪迹。通过尤利西斯·摩尔的妻子泊涅罗珀·摩尔女士的描述，孩子们了解到留在小镇的少数人正在经历着一场反抗虚幻印地会的战争。而这个组织拥有着上百艘大大小小的船只和成千上万个有着灰色皮肤，一言不发、只知道服从命令的奇怪士兵，他们的目标就是称霸整个蓝色之海。

在他们的第二次旅行中，穆雷无意之间发现他竟然能打开已经尘封多年的位于阿尔戈山庄的时光之门，借助这扇时光之门，他成功地来到了黑暗岛。这座神秘的小岛上驻扎着印地会的军队，同样，在这里，穆雷和他的朋友们找到了一位意外的盟友——一个名叫朗·约翰·希尔弗的独腿老海盗。是的，他就是罗伯特·路易斯·斯蒂文森在《金银岛》中提到的那位亦正亦邪的大海盗。

究竟为什么他会出现在尤利西斯·摩尔的故事里呢？他又是怎么跑到黑暗岛去的呢？

随着对这个故事的深入了解，我发现其中许多的人物都是其他小说里的角色，而孩子们也真正见到了这些有血有肉的人物。我突然理解了尤利西斯·摩尔想要通过他的手稿告诉我们的一件事情：难道我们就真的能确定朗·约翰·希尔弗没有查尔斯·达尔文真实吗？

也许那些我们觉得不真实的人物和地方只是因为我们还没有见过或去过呢？

也许我们和穆雷、康纳、米娜、肖恩相比最大的区别就是我们还没有找到属于自己的墨提斯号呢？

关于这一点，我想我们会在这本书里找到答案。

听着，尤利西斯·摩尔的读者们，别再浪费时间，因为冒险已经开始了！

帕多文尼高·巴卡拉里奥

目　录

第一章

世界的尽头

如果要去太远的地方赴约，
就会有迟到的风险。

拉里·哈斯利站在世界的尽头,静静地等待着。在他的脚下,湍流的海水顺着断崖直接泻入了星空之中。

西伯利亚的海水寒冷刺骨,漆黑的海面上漂浮着一些浮冰,与此同时,天空中不断有雪花飘落下来。

拉里·哈斯利面带微笑,雪白的牙齿从嘴唇之间露了出来。

"这里真是漂亮呢,不是吗,韦斯克斯?"

被夹在主人腋下的布兔子双眼空洞地望着地下,一言不发。

拉里·哈斯利在露台上来回走动着,他所在的这幢高楼能俯瞰整片冰原。他的鞋子踩在瓷砖上发出咯吱咯吱的声响,雪白的栏杆在月光下闪着有些阴森的光芒。

这座城市看上去已经荒废了很长时间,一幢幢无人居住的房子排列在海岸边,而位于城市另一侧的远处,是一片白色的森林。

拉里·哈斯利身后房间里亮着温暖的灯光,地上铺着菱形的木地板,里面放着几张奢华的三人沙发,金色的天花板搭配着颜色艳丽的帷幔令整个房间显得格外大气。这与周围的环境形成了鲜明的对比。

"其他人正在赶来的路上。"一个谄媚的声音在他的身后说道。

拉里有些不情愿地将视线从冰天雪地之中移开,转过身来。

一只猫,一只巨大的猫正用后腿站立在那里。只见它浑身的毛都闪着油光,大腹便便,肥肉从它的髋部耷拉下来,金色的双眼盯着拉里,鼻子两侧的胡须如同一根根银针一般泛着寒光。

拉里的眉头略微舒展了一些。那只猫毕恭毕敬地指了指自己身边那个刚才开口说话的人。

"沃兰德!"哈斯利说道,"我都没有听见你进来。"

他口中的这位沃兰德身穿一袭深色的羊毛套装,脖子上戴着一条看

上去有些奇怪的斑点领带，这令他的整体形象看上去十分好笑 *。

哈斯利站在原地，似乎在等待着他的手下先开口说话。

在虚幻印地会所有的负责人里，沃兰德是为数不多让拉里·哈斯利比较尊敬的人。这个人冷酷无情，做事一丝不苟，公私分明，同时对待敌人就像恶魔一样毫不手软。

当然，这些并不足以让他们成为朋友，因为拉里·哈斯利根本就没有朋友。

对于一个负责人来说，能够完成自己的职责就已经算是比较不错的了。

"黑色海妖号怎么样了？"他一边用手指揉着太阳穴，一边问道。

沃兰德耸了耸肩，微微鞠了个躬。

"在经过冰川的时候遇到了些问题，"他解释说，"和其他船只一样。"

这位负责人在说话时用的是十分平等的口吻而非尊称，只有他是被允许这样做的，要是那个没用的伯林翰用这种口气说话，那他大概早就被永久驱逐出虚幻之地了。

"不过一切都在控制之中。"沃兰德继续说道，"他们一定会来的。"

拉里·哈斯利挥了挥手，仿佛在说自己很清楚一样，一切都在控制之中。这是当然的，因为自己掌握着所有的实权，他控制着印地会中所有的负责人，所有的黑暗港，甚至一度还控制着时光之门。

一度……

在那个浑蛋男孩出现之前……要不是他和他的那帮伙伴突然出现，这场比赛自己早就已经拿下了。

---

* 注：这里的描述令人联想到了米哈伊尔·布尔加科夫在其著作《大师和玛格丽特》（1928—1941）之中关于沃兰德及其随从的描写。

穆雷。

反抗军和他有关系，沙尘暴也和他有关系，这个家伙根本就不懂这里的游戏规则。对于自己和自己手下的那帮傀儡而言，对于他们想要统治虚幻世界的野心而言，这个男孩简直就是他的梦魇。

"他们可真是一伙小浑蛋，对吗，韦斯克斯？"他低声说道，"一伙无能又无知的小浑蛋。"

沃兰德身边的那只大猫好奇地盯着哈斯利手上的布兔子，似乎在等待着它回答些什么，不过直到最后韦斯克斯也没有开口。

"是在为反抗军的事情担心吗？"沃兰德摸着自己的山羊胡子问道。

哈斯利冷笑了一声，回答说："担心？你是在开玩笑吗？一帮小毛孩子根本就不可能战胜印地会的军队。"

"但是他们还是烧掉了不少船只。"沃兰德一边说着，一边观察着哈斯利的表情，"他们一定是在寻找尤利西斯·摩尔的下落。"

在听到了这个名字之后，拉里·哈斯利的双眼一下子露出了凶光。

"不要！在我面前！提到！那个名字！"他低沉地说道。

这时他注意到沃兰德的腋下还夹着一个盒子。

"那是什么？"

沃兰德的双眼骨碌碌地转了一圈，回答说："这个？哦，这是一个'惊喜'。"

说完，他将盒子放在了露台的一张茶几上，哈斯利这才发现，所谓的盒子其实就是一台老式的便携式收音机，喇叭的外面罩着一层网格，用来调节电台频率的旋钮还是木头的那种。

沃兰德打开了收音机，顿时一个声音传了出来。

这里是基穆尔科夫自由之声广播台……

拉里·哈斯利顿时感觉到胸口一紧。

"这到底是什么？"他嘀咕着问。

沃兰德示意哈里斯继续听下去，听电台里的声音，那里似乎在发生着一个男人和一个女人向国王要一艘船的对话。

"那么能否告诉我你们为什么需要一艘船呢？"国王问道。

"我们要去探索那座未知的岛屿。"男人回答说。

"开玩笑！根本就没有什么未知的岛屿了，所有的岛屿都已经被标注在地图上了。"

"地图上标注的只是那些被发现的岛屿而已。"男人强调说。

"你们是从谁那里得知那座所谓的未知岛屿的呢？"国王的口吻变得严肃起来。

"没有人告诉我们。"

"既然是这样的话，你们凭什么认定这座岛屿是存在的呢？"

"因为以今天的技术而言，我们不可能已经探索了所有的岛屿。"

"所以你们就跑过来向我借一艘船？"

"是的，所以我们就来向你借船了。"

"你们是谁？我为什么要把船借给你们？"

"那你又是谁？为什么不把船借给我们呢？"

"我是这个王国的国王，这里所有的船只是我的，没有我，就没有这些船！"

"应该说没有这些船就没有你才对吧。"

"什么意思？"国王有些不安地问道。

"因为如果没有这些船的话，你根本什么都不是，而那些船即便没有了你，却仍然能够在海上航行。"

哈斯利一直听着这个故事，到最后，那个男人和女人得到了一艘船，两个人在船头刻上了"未知岛屿号"的名字，然后就出发去寻找未知岛屿了。*

接着收音机便不再发声了。

"真是个有意思的故事呀，不是吗？"沃兰德问道，同时他并没有关上收音机。

显然，在这寒冷的露台上也能够收到来自基穆尔科夫的无线电波。

拉里·哈斯利用指节轻轻地敲打着茶几，目光紧盯着远方。

"我会干掉他们的，沃兰德，你看着吧，我一定会干掉他们的！这帮家伙……到底打算干什么？他们该不会认为编一些故事就能够来挑战我了吧？为什么我们不能先下手把他们除掉呢？其他人到哪里了，沃兰德？他们什么时候来？我们还得在这里等多久？"

沃兰德不慌不忙地伸出他那细长的左手，关上了收音机。

"很快了！"他淡淡地回答。

---

* 注：这个桥段令我立刻想起何塞·萨拉马戈在 1922 年写的小说《未知岛》，于是我查阅了一下，事实上这段内容虽然有所改编，但确实来自那部小说。

第二章

联系

如果有人要去虚幻之地的话，
最好先把现实世界的事情处理好。

"写得不错，挺好的。"

穆雷的脸上露出了微笑，然后从爸爸有力的手中接过了那本笔记本。

"不允许有任何身体接触！"监狱的守卫在一旁提醒道。

穆雷的手指轻轻抚摸着那本笔记本，从上至下。

"你真的喜欢这个故事吗？"他问道。

爸爸的身体向后，靠在了铁制椅子那个有些可笑的靠背上。

"真的写得不错，在这方面你很有天赋。"

穆雷瞥了一眼正在一旁漫不经心发呆的守卫。

"这些只是虚构的故事。"他说道。

"非常棒的故事，你还写过别的东西吗？"

穆雷挠了挠自己的脑袋，他当然还写过别的东西，而且这次过来的目的就是这个。穆雷调整了一下坐姿，脚下的运动鞋不停地来回摩擦着地板，说道："等一下。"

他从书包里取出了一沓用皮筋绑住的纸张。

看上去像是一本手稿。

"我还有这个……"

爸爸的身体向前倾，看了一眼穆雷手里的东西，惊叹道："天哪！这是一个什么样的故事？"

穆雷的脸上露出微笑，他的小说里写了些什么呢？

他看到了自己、米娜、肖恩、康纳和加里比教授一起前往基穆尔科夫的冒险经历，看到了他们穿越迷雾，大闹黑暗港的壮举，看到了墨提斯号和内梅西斯号一起乘风破浪的英姿。

写了些什么呢？

所有的这一切。

穆雷有一个笔记本，上面记录着最近几周发生的所有事情，从他们

在沼泽地里找到墨提斯号开始。

"你读了就知道了。"

在看守的注视之下，克拉克先生接过了手稿，掂量了一下，少说也得有五百张纸，上面密密麻麻地写满了文字，加起来可能比他的孩子从第一天上学开始算起所有的作业加在一起还要多。

"一会儿你离开之后我就会开始读的。"爸爸说道，"现在讲讲关于家里的事情吧，你妈妈还好吗？"

穆雷耸了耸肩回答说："还好吧，和平时一样。"

"那你说些家里的事情吧！"

"说什么？"

"随便。"

穆雷吸了口气，讲道："昨天她出门忘了带钥匙，结果把自己给锁在门外了，她想要打电话叫一个锁匠来帮忙开门，但是却发现自己把电话也忘在了家里。于是她只能去隔壁老太太的家里求助，不过那位老太太的家里压根儿就没有电话，最后还是向一个路人借来了手机。"

爸爸大笑了起来，问道："那然后呢？"

"然后也没什么，她等了好久。"

爸爸脸上的笑容渐渐凝固，用深邃的眼神看着自己的儿子。

"你妈妈确实很有耐心。"他嘀咕道。

每当涉及父母二人之间关系的话题时，穆雷都会感到格外尴尬，于是他换了个话题，"对了，你可以猜猜我和其他人一起找到了什么东西？"

"还是你来告诉我吧。"

穆雷张开双手，在空中比画了一下，"一条巨大的汽车赛道模型，你可能根本无法想象，是一条非常大的赛道，可能是全世界最大的！"

"那你们是怎么处理这条赛道模型的呢？"

"我们把它一件一件拆除了。"

爸爸吹了声口哨，引得边上一位年长一些的囚犯侧目望来。

"但是我们现在不知道该把这件物品放在什么地方。"穆雷继续说道。

"你们是想要将它重新组装起来吗？"

"是的。"

爸爸想了一下，问道："你有纸吗？"

穆雷的手伸进口袋里，取出了一个笔记本，然后撕下来一张白纸，问道："你需要笔吗？"

"是的，这些东西在监狱里可没有。"

他很快在纸上写下了一些东西，对儿子说："你可以去问一下这个人，他应该有办法帮你找到你要的空间，这是我的一个朋友，非常可靠。"

穆雷有些吃惊地看了一眼名字，然后便将字条放进了口袋里："啊……谢谢，我一定……"

正在这时，天花板上挂着的喇叭里突然传出了声音："会客时间已到，请各位访客尽快离开大厅。"

穆雷四下看了看，所谓的"大厅"只不过是一个普通的毛坯房间，四面的水泥墙壁上没有任何装饰，仅有的一扇窗户还是紧闭着的，房间里一共摆放着九张小桌子，并配备了一个看守。这也许是他见到过最寒酸的"大厅"了。

"看来我得走了。"爸爸站起身来说道，"时间到了。"

说着他拍了拍手中的那些纸张，并将其夹在腋下，静候着狱吏过来给他重新戴上手铐。

"记得一定读一下。"穆雷再次提醒道。

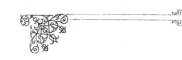

他仍然坐在椅子上，并不想马上离开。

"你放心吧。"

穆雷目送着爸爸高高瘦瘦的身影和另外两位囚犯一起消失在了铁门后。

他收起了自己的本子，双手轻轻地搭在铁皮桌子上。

冷冰冰的。

"探视的时间已经到了。"看守在一旁提醒道。

看守身材魁梧，有着宽大的肩膀和耷拉下来的肚子，看上去像是一位已经退休了的战士。穆雷的眼前立刻出现了他年轻时身穿武士服、手持大刀的样子。也许他曾经是一位战场上的勇者，不过现在已经不再是战争年代了，而他看上去也已经向生活妥协了。

穆雷缓缓地站起身来，在将手稿交给了爸爸之后，背包显得格外轻便，不过他的脑袋却是沉甸甸的。

他想到了自己最好的伙伴肖恩，在经历了所有的事情之后，肖恩最终决定留在基穆尔科夫。

这时看守拍了拍他的肩膀，招呼道："嘿，小伙子，你还打算在这里……"

"我这就离开，这就离开！"他突如其来的回答似乎吓了看守一跳，随即穆雷又问道，"实在不好意思，请问一下这里有洗手间吗？"

看守盯着穆雷，问道："你是要去小便吗？"

"啊，不是的，我只是想去看一下，这也算是我的一个个人癖好吧。"穆雷回答说，然后他似乎想起了什么，立刻补充道，"您不用担心，我身上没有带任何武器，所以不会藏什么东西到水箱里，也没有带绳子之类的攀爬工具，更没有瑞士军刀之类的危险物品，我只是想去看一眼而已。"

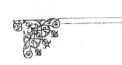

看守挥了挥手，示意穆雷不用继续解释了，然后朝着一扇红色的门指了指，说："那里，动作快点。"

穆雷来到了唯一一个水池这里，手肘支撑在边缘，打开了水龙头。一阵冰冷的水流先是如同咳嗽一般断断续续地从生锈的水龙头里喷出来，过了一会儿才逐渐恢复平稳。

穆雷看着镜子里的自己，眼神里充满了失望与怨恨。穆雷的脸上勉强挤出一丝微笑，随后他脱下了外套和 T 恤，露出了胸前和后背在上次丛林冒险时留下的累累伤痕。对于他来说，这一切仿佛发生在很久以前，而根本不像是上个周末才经历的事情。他低下头，任由凉水流过自己的脸颊，希望能借此扫除心中的阴霾。

我会干掉他们的！你看着吧，我一定会干掉他们的！

穆雷吓了一跳，后脑勺直接敲到了水龙头上。

"这到底是什么？"

他们该不会认为编一些故事就能够来挑战我了吧？

那个声音又传来。

其他人到哪里了，沃兰德？

仍然是那个声音。

那个从水流中传出来的声音，如同一把利剑一般一下子刺入了穆雷的太阳穴，将他的心提到了嗓子眼儿。

穆雷立刻关上水龙头，拿起自己的衣服跑了出去。

他得抓紧时间……

他得抓紧时间了！

米娜拿着书本，尝试着用身体推开图书馆的门。

"需要帮忙吗？"一个男孩问道。

一头卷曲的头发，挺拔的鼻梁，一双闪耀着智慧光芒的眼睛，米娜一下子就认出了图书管理员马修。"啊！不用，不用……嗯，我的意思是说，是的，谢谢！"米娜捧着一堆高高的书本，晃晃悠悠地回答。

马修立刻接过了最上面的几本书，然后轻轻地推开了大门。

"我送你过去。"他说道。

"不用那么麻烦的，真的，我可以搞定的，而且我就住在……也不算太远的地方。"

马修立刻接口道："那你就更不用客气了，很快就到了。"

两人并排朝着米娜家的方向走去，米娜似乎还有些犹豫，而马修则步伐坚定。

"你借了吉布森的《神经漫游者》呀，"马修看了一眼最上面的那本书，说道，"这本书已经有好几个月无人问津了，还有路易斯的《太空三部曲》……你是对现实社会有很多不满吗？"

米娜思考了一下，然后回答："不是，应该说我比较喜欢那种能够将我带去另一个地方的书籍。"

"难道不是所有的书籍都能将我们带去另一个地方吗？"

米娜皱了皱眉头，回答道："你说得对，是我没有表达清楚，准确点说应该是另一个和我们所居住的世界不同的地方。"

马修看了一眼米娜琥珀色的脸庞，她的表情如此专注，看上去充满了智慧。

他正准备再问些什么的时候，米娜抢先一步说道："非常抱歉，我今天可能不在状态。"

"是有什么事情困扰着你吗？"

米娜摇了摇头，说："说困扰其实不太恰当，事实上比这个更糟糕。"

"有什么我可以帮得上忙的话……"

"不用了，"米娜立刻打断道，也许是觉得自己的回答过于直接了，转而放缓语气说，"因为……因为也没什么大不了的事情，是一场竞赛，一场数学竞赛，针对特定学生的……我想这样表述应该差不多。"

"哇哦！"马修赞叹道，"这样说来你的数学一定非常厉害了！"

米娜微微点了点头，她并没有过于谦虚，因为她也知道这确实是自己的强项。"但我不是很喜欢竞赛的形式，"她继续说道，"我之所以数学还不错是因为我对它很感兴趣，每当跨越了一个障碍之后，它都能够给我带来无与伦比的满足感，但是……"

"你是担心会输掉比赛吗？"

米娜思忖了一下，摇了摇头回答："不，准确点说我是担心让其他人失望，我总感觉参加比赛的好像不是我一个人，还有我的老师，我的家人甚至我的朋友们，你能明白吗？在这种情况下我根本无法体会到数学的快乐。"

在拐过一个弯之后，米娜停在了一扇深色的木门之前。

"我到家了。"

马修愣了一下，随后将手中的书交还给了她。"是这样的，我也不知道自己的看法是否正确，不过我觉得你给了自己太多的压力了，"马修说道，"参加竞赛的话你根本不用去想其他人，只需要记住你自己想要得到什么，你也想赢的对吧？不然的话你就不会选择参加了。既然是这样的话你就只需要认准这个目标前进就好了，你会感受到其中的快乐的。"

米娜心里想着事情可没有那么简单，不过她并没有直接反驳，而是看了一眼这位年轻的图书管理员。马修有着一双棕色的大眼睛，高挺的鼻梁，柔软的嘴唇，以及略微有些下陷的太阳穴。"谢谢你送我回来。"她礼貌地说道。

马修摇了摇头，回答说："不用客气。"

两个人站在原地，一时不知道该继续说些什么。

"那……那我先回去了。"最后还是米娜先开的口，她的手臂已经被书本压得快要失去知觉了。

"好的。"马修停了一下，然后立刻追问道，"反正我们还会在图书馆见面的，对吗？"

"当然！我是说……是的，我经常去那里。"

马修略微有些尴尬地微微一笑，然后抬起食指和中指在额头边挥了挥，做了个行礼的姿势，便转身向图书馆走去。

米娜盯着马修的背影怔了一会儿，随即赶紧趁着没人看见她的窘样，走回了家里。

"这都是些什么呀？"一个沧桑而又礼貌的声音问道。

米娜转向自己的奶奶，吸了口气回答说："是书，奶奶，就是那些……"

"我看见这些书了，"奶奶的手中拿着一件熨了一半的纱丽，透过已经滑到鼻梁一半处的眼镜看着自己的孙女，"你到底拿了多少回来呀？"

"是不少，"米娜回答，她隐约感觉到自己的腮帮子有些发烫，"我想多看些书。"

"一直看书的话会把眼睛弄坏的，你可得当心点！那这些书是和数学相关的吗？"

米娜摇了摇头说："是历史传记，奶奶。"

"历史？什么历史？"

米娜叹了口气，她感觉要想向奶奶解释清楚读书对于自己的意义几乎是一件不可能的事情。读书能够解开她的许多疑惑，同时也给她提供了一个回避现实世界的空间，这既是一个给她自由的地方，也是一个禁锢她的地方。每当她试图去改变现实却发现无能为力的时候，

米娜总能够在书本之中找到一个让自己思考的方法，并带着新的感悟回到现实之中。

"就是一般的历史故事。"米娜一边回答，一边走向厨房。

奶奶踢踢踏踏的拖鞋声紧跟在她的身后，"如果是数学的话那还好，因为数学很有用，你爸爸也很擅长数学，但是他可不会去读什么历史故事，这点我很确定。"

米娜给自己在杯子里倒上了一杯薄荷水，然后不紧不慢地喝了一口，说："但我不是这样的，奶奶，您的孙女可是一个书虫，反正您早晚都会知道的。"

老太太噘了噘嘴，皱起眉头问道："一个什么？"

"书虫啊！"米娜重复了一遍，"就是一个特别喜欢读书的人，包括历史，有时候她不得不读，因为读书能够让她暂时忘记一些不顺心的事情，比如生活的不如意，比如爱情的不如意，再比如一场数学竞赛，诸如此类。"

老太太紧紧地盯着孙女的脸看了一会儿，仿佛在解决一道难题一般，然后走上前去，说："你不用担心数学竞赛的事情，米娜，你一定可以赢的，要知道你的爸爸可是一次都没有输过。"

米娜愣了一下，"我知道的，奶奶。"

"一次也没有输过！他是我们家的骄傲！"

"对了，他人呢？"米娜尝试着转移这个令她有些窒息的话题，"又去谈话了吗？"

老太太面色凝重地点了点头，"工作是一件很严肃的事情，你也知道，你的爸爸必须为整个家庭着想，他一直希望我们能够搬去一个更好的地方，他是一个心地很善良的人。"

米娜叹了口气，当然了，爸爸是一个既善良又体贴的人，每天努力工作，一切看上去都是如此完美，才不会像他的女儿一样不求上进。

"我先上去了。"米娜说了一句。

当她刚关上自己的房门时，楼下传来了敲门声。

米娜赶紧冲下楼，会不会是马修刚才忘了告诉她什么事？又或者是在回图书馆的路上想起了什么？

但最后她还是失望了。

门外并没有马修，甚至连个人影都没有。

一张明信片静静地躺在地上，收件人是她的名字。米娜一下子就认出了上面的字。

这是一张来自基穆尔科夫的明信片！

下个星期六，基穆尔科夫反抗军的第一次秘密会议。

——泊涅罗珀·摩尔

米娜睁大了双眼。

反抗军的秘密会议……

随即她捏紧了这张明信片。

下个星期六。

数学竞赛是再下周的周一，也就是会议的两天后，而这两件事情她都不能缺席，这也就意味着：她有麻烦了。

"我不相信，我不相信！"

港务局的工作人员右手控制着方向盘，左手拍了拍厢式货车的仪表盘，驾驶室的玻璃窗开着，空气中弥漫着烤焦皮肤、海盐和死鱼的腥味。

"你知道吗？依塔卡号！它又出现了！好像是自己突然就冒出来了，

而且是在那种情况之下！"

康纳坐在副驾驶的座位上，耸了耸肩，"这很奇怪吗？"

"啊！听听你说的话！"工作人员加大了油门，"你觉得这很正常吗？一艘在海里失踪的船只自己回来了，就像什么都没有发生一样，难道说它是闲来无事去大海里转了一圈，活动活动筋骨吗？这太不可思议了，太不可思议了！而且船上还有……"

"还有什么？"康纳问道。

工作人员并没有直接回答，只是说了一句："你马上就能看到了。"

马上就能看到了。康纳心里重复了一遍。

工作人员将车停在了停车场之后，两个人一言不发地走下了车。

康纳看上去有些拘谨，他举起手臂，指着那艘自己再熟悉不过的船只。

是的，就是它！

尽管船的舷梯歪歪扭扭，船体的侧面有些受损，桅杆已经被压弯，仿佛经历过暴风雨一般，龙骨上坑坑洼洼的，像是被雷击中过一样。

康纳伸出手轻轻地抚摸着船身，这种触感，犹如回家。

作为一名孤儿，康纳在此之前一无所有，而依塔卡号就是他的世界，他的小窝！在这里，他、穆雷、米娜、肖恩以及布拉迪兄弟可以一起玩电脑游戏，一起吹牛讲故事。正是借助了依塔卡号，孩子们才能将墨提斯号从淤泥中拯救出来，并带到大海中。但遗憾的是，它并没有进入蓝色之海的资格，因此，当孩子们乘坐墨提斯号前往基穆尔科夫的途中，在虚幻之地和现实世界的交界处，不得不放弃了它。

在出发之前，孩子们已经有所觉悟：如果要去虚幻世界冒险的话，就需要离开自己的"家"。

"是谁把它带来这里的？"康纳的双手颤抖着问道，可以看出他非

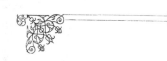

常急切地希望修好眼前这艘失而复得、满目疮痍的船只。

负责船舶停靠的女士手里拿着一本填字游戏的杂志不停地扇着风，说道："两个孩子。"

直到这时康纳才注意到船舱里似乎还有什么东西在缓缓地移动着。他抻长脖子把头探进去，只见有些积水的船体中漂着一群橡皮小黄鸭，如同是它们护送着侬塔卡号回家似的。"这里有我们呢！"这些小黄鸭似乎在说，"你放心吧，这里有我们呢！"

康纳感到心中升起了一股暖流，他微笑着问道："那两个孩子？"

"谁知道呢？"女士回答道，"他们也没有说叫什么名字，只是留下了这个。"

女士将一张明信片递给了康纳。

明信片的抬头上写着：

虚幻旅行者俱乐部。

而留言的内容则是：

第十四条规则：在停船之前，请先测量水深。

下面没有署名。

康纳拿着明信片翻来覆去看了好几遍，第十四条规则，什么规则？

"真是一条奇怪的留言。"他嘀咕道。

"看到了吧？"港务局的工作人员走上前来，摇着头苦笑着说，"我刚才是怎么告诉你来着？"

第三章

会唱歌的管子

出远门之前最好多带些换洗的衣物。

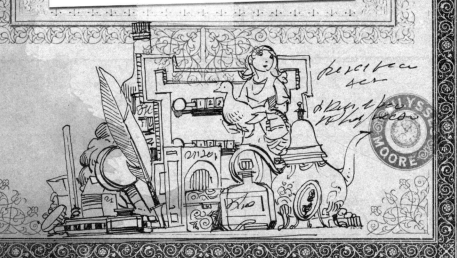

穆雷的妈妈如同看一头野狼一样看着自己的儿子，眼神中混合着害怕、心疼和尊重。虽说在穆雷这个年龄，大多数男孩都不愿意自己的想法被大人控制，但这仍然会令妈妈感到失去存在感，她觉得自己唯一可以依靠的亲人正在渐行渐远。

"再加一点咖啡吧，"她看了一眼儿子半空的杯子说道，"你吃得太少了。"

穆雷并没有回答，他似乎正在思考着什么重要的事情，他那红肿的双眼让妈妈联想到他那些整个下午都和小伙伴们一起玩《英雄猎手》的样子。

只不过这一次似乎和电脑游戏没什么关系。

"我走了。"穆雷嘟囔着说了一句，从椅子上站了起来。

"可是你连一块饼干都没吃呀！"妈妈抱怨道，"你等一下，我给你准备一份三明治。"

不过穆雷已经背着书包，骑着车离开了妈妈的视线。

米娜站在学校的门口，手里拿着一张明信片。穆雷只是瞄了一眼，便猜到了大致的情况。

"什么时候？"穆雷问道。

"星期六，这上面说。"米娜回答，"也就是明天。"

穆雷点了点头，"那得马上通知康纳了。"

"我来给他发条短信吧。"

两个人走向教室，一步两个台阶跨上楼梯，米娜看了一眼小伙伴的眼睛，皱起了眉头。

"看来你今天状态不错呀？"米娜说道。

穆雷并没有回答，他心里还想着之前在监狱的卫生间里洗脸时听见的那个奇怪的声音，穆雷想要把这件事情告诉米娜，不过米娜的话还没说完。

"……那该死的竞赛，我为什么要报名呢？我为什么不能用这点时间去做我自己的事情呢？我真受不了我自己了，穆雷，我向你保证，我受不了我自己了，这次竞赛我肯定会输掉的。"

穆雷微微一笑，"我听说这次竞赛有点无聊，你能够想象出一群迂腐的老头儿居高临下地给你出难题，只是为了满足他们自己奇怪的口味吗？"

米娜的脸都发白了，"快别说了！"

"不过我建议你最好还是别太惹人注意了。"穆雷补充道，"你也知道，他们会把数学最好的那些学生特招出去，并让他们离开家庭，然后进行特别培养。"

米娜有些紧张地苦笑了一下，随即走进了教室。弗兰克教授正在叫孩子们赶紧回到座位上，并让他们打开书的第四十九页。

下课之后，穆雷和米娜两个人并排骑着车，穆雷的额头上挂着汗珠，而米娜则扎着一根马尾辫，看上去干净清爽。

"当心点！你得让他们先过去！"在经过一个转盘的时候，米娜在穆雷身后大声喊道。

"知道了，知道了！"穆雷一边回应着，一边绕过路边的栏杆，骑到了路中间。

"别在马路中间骑车！边上那辆皮卡差点撞到我们俩！"

穆雷坏坏地一笑，说："你怎么和我的妈妈一样？"

"看好你自己的路！你是想自杀吗？"

两个人在不同的车道间来回穿行，随后拐进了一条石头马路上，马路两侧坐落着几乎一模一样的四层矮楼房，如同一排多米诺骨牌一样。

两个人骑到一扇厚重的木门前停了下来，虽然这扇门看上去不久前才被重新油漆，但是却掩盖不住时间留在上面的斑驳和裂纹。

门铃边上住客的姓名都是手写的，看上去是在不同的时间用不同的墨水写上去的，其中最新的就是肖恩·维特灵的名字了。

"你带钥匙了吗？"米娜问道。

穆雷并没有直接回答，而是从牛仔裤的口袋里掏出来一串钥匙，打开了大门。

在此之前，穆雷曾经来过肖恩家几次，但是对于他家也并不是很熟悉。两个人走了进去，只见房间里的家具上挂满了各种装饰的物品，地上还摆放着一些奇奇怪怪的纪念品，看上去十分夸张。

米娜扫了一眼墙上的搁板，看到上面放着一个陶瓷牧羊人像、一个摩洛哥咖啡壶、一个丰满的女性人偶、一张桌球积分表和一支德国赫莱口琴。

"看上去像是一个大杂烩。"穆雷假装很懂行地说道。

在肖恩的妈妈离开家独自去美国之后，肖恩和维特灵先生就搬到了这座公寓。她大概是想要忘记过去，开始新的生活吧。肖恩是这样认为的。因为在此之前维特灵先生在工厂里出了事故丢了工作，并且很难再找到新工作了。

对肖恩来说，这是一段十分痛苦的经历，所以他从来都不对别人提及。

"这里简直太乱了！"米娜走进客厅之后感叹道，脚底下的地毯已经被磨得像纸片一样薄了。

"来这里吧。"穆雷带着米娜穿过了一条狭窄的过道，来到了一扇深色的门前，门上挂着一块"注意"的牌子。

"这是肖恩的房间？"米娜问道。

"这里面才是真乱呢！"穆雷微笑着回答说。

如果拿一间经历过台风的房间和这里做比较的话，也许比这里还要更整齐一点。

米娜站在门口（因为房间里实在没有可以落脚的地方），大致看了一眼房间里的状况。地板上到处都是废纸、漫画、落单的鞋子和一些健身器材，四周的墙上贴满了各种海报和照片，以至于根本看不出墙壁的颜色。在这些照片里，有一张看上去十分醒目，是一张足球队的合影，这应该是肖恩和穆雷在两年前一起踢球赢得了一项小型比赛时拍的。

穆雷掀起了照片，给米娜看了一眼：照片背后是所有小球员的签名，当然也包括了他自己那个歪歪扭扭的名字。

"我已经找不到这张照片了。"穆雷说，"真是太可惜了。"

"那又是什么？"米娜小心翼翼地走向床边。

床头的墙上贴着一张表格，上面写着肖恩在近几个月里读过的所有书的名字，并在每一个书名的后面打了一个分数。

"想不到哇，他还挺上进的呢！"米娜啧啧称奇。

虽然之前肖恩一直说要多读些书，不过没人把这话当回事，现在看来他似乎找到了读书的乐趣。

"《银色蜥蜴》的评分是最高的！"

米娜注意到，"这是本什么书？我怎么从来都没有听说过？"

"那只是一本故事书而已。"穆雷脱口而出，这才注意到了他的用词不当。

"'只是'一本故事书？"米娜强调说，同时他看见穆雷的脸颊似乎有些发红，"那你说说，书的作者是谁呢？"穆雷并没有回答，而米娜似乎也猜到了些什么，"我听说有些年轻的作家非常有才华，但是每次都只是把作品分享给自己的小伙伴是吗？"

穆雷尴尬地摇着头，赶紧转移话题："先别管这些了，我们来这里还有正事要做呢！你帮他拿一些换洗的衣服，然后我帮他浇浇花吧。"

肖恩和他爸爸把钥匙交给穆雷的时候特地关照过他：希望他能够抽空去家里看一眼，帮忙浇一下阳台上的花花草草，检查一下燃气，取一下信箱里的信件。还有最重要的一件事，就是帮父子二人拿一些换洗的衣服过去。

两个人在决定了分工之后，米娜打开衣柜的抽屉开始寻找干净的衣服，而穆雷则来到了厨房，找到喷水壶之后开始打开水龙头接水。

米娜听见厨房里传来了水声，同时她的手上也捧着一堆袜子和内裤。

然后，她似乎听见了一个奇怪的声音。

"穆雷？"米娜从房门探出头来问道。

米娜竖起耳朵，但是仍然无法确定到底发生了什么。

"穆雷？刚才是你在说话吗？"

这时突然传来了碰撞的声音，并伴随着一声喊声。

米娜立刻跑向厨房，只见穆雷蜷缩在地上，双手捂着自己的耳朵，嘴里不停地念念有词，而塑料喷水壶则打翻到一边。

"穆……穆雷？"米娜缓缓走近。

"该死，该死，该死！"穆雷突然从地上跳了起来，一脚踢开喷水壶。

米娜用力拽住他的手腕，"穆雷？你这是怎么了！你在和谁说话？"

穆雷伸手在眼前挥动了几下，似乎是为了赶走自己的幻觉。

"我也不知道，米娜，我听见了一些奇怪的声音。"

"奇怪的声音？穆雷，你在说什么呀！"

穆雷带着米娜来到了洗碗池前，有些犹豫地打开了水龙头。

然后他闭上双眼，静静地等待着，等待着这个他在监狱卫生间里听到过的声音，等待着这个他从基穆尔科夫回来之后在家里的浴室中听见过的声音。

但是这一次，那个声音并没有出现，只有水流的哗哗声。

那个奇怪的声音没有再出现了。

穆雷深吸了一口气，然后缓缓吐了出来。

"我刚才听见了一个声音，米娜。"他再次说道，"我知道这听上去有些可笑，但是请相信我所说的，每当我一个人打开水龙头的时候，我都会听见这个声音……而这个声音似乎是通过水传过来的。"

米娜看着穆雷，仿佛在看着一块不完整的拼图，同时在她的脑海里努力搜索着缺少的那些碎片。

"那这个声音说了些什么呢？"她问道。

穆雷脸色一沉。

"他说如果我们再回去的话，他们会要了我们的命。"

依塔卡号就这样被挂在港口船只维修处的架子上，整个龙骨已经脱离水面，同时螺旋桨也耷拉着。

康纳暂时放下了手里的活，抬起头来看了一眼自己的"家"，他答应帮别人免费维修电脑，而作为交换，别人要帮他修理一下这艘船。

除了他之外，之前已经听到风声的那些渔民也凑着热闹跟了过来，围在了修理厂的门口，对着他的依塔卡号指指点点，眼睛里充满着尊重和羡慕。

"有一艘在海上失踪的船只突然出现了，船舱里还放满了橡皮小黄鸭"，这件事情似乎已经传得尽人皆知了，然后大家再添油加醋一番之后，很快就变成了港务局历史上的一个传说。

这艘船是在撞上暗礁之后安全返航的吗？这艘船是在海上飓风之中幸免于难的吗？这艘船是遇到了海怪了吗？这艘船是从暴风雨中逃出来

的吗？

康纳见到有一个渔民一边抚摸着侬塔卡号的船艏，一边在祈祷着，而另一个渔民则眉飞色舞地讲着关于船只的故事，仿佛一切都是他亲身经历的一样。

"他们这是在做什么？"康纳问港务局的工作人员。

"外面已经有关于这艘船的各种传言了。"

"这我知道，可是……他们好像在围着船祈祷呢！"

工作人员耸了耸肩，有些无奈地说道："如果有一艘船在失踪之后以这种方式重新回到了主人这里，那么只有两种可能性：要么它是被恶魔诅咒了，要么它是被神祝福了。以侬塔卡号目前的情况来看，渔民们基本都认为是第二种情况，不过你也别高兴得太早，如果哪一天有渔民的船沉了，或者出海之后颗粒无收的话，那么所有人都会掉转枪口认为是这艘船带来了诅咒。"

"看来渔民这种靠天吃饭的职业有时候还是不得不屈服于命运和运气呀。"康纳说道。

"维修工作可以从下周一开始。"工作人员说道，"你有空吗？"

康纳正准备脱口而出回答"有"的时候，话到嘴边却突然停住了。

下周一……

米娜刚刚短信通知过他明天要在虚幻之地开会，一旦他们去了虚幻之地之后，谁知道会发生些什么呢？

康纳看了一眼如同躺在手术台上病人一般的侬塔卡号。

"哪怕有事的话我也绝对会抽空过来的，"康纳说，"毕竟这艘船是我的家。"

第四章

出发

不同的海域之间也有边界，
如果想要跨越边界，
就需要先仔细了解一下规则。

那我先走了。

穆雷在妈妈的额头上吻了一下，然后背着书包，将一个大的袋子放在了篮筐里，蹬着自行车离开了。

"去吧，"妈妈望着穆雷远去的身影低声说道，"记得早点回来！"

太阳直射在穆雷的头顶上，微风吹拂在他的脸上，两侧城市的街景不停地变换着。

住宅，商店，住宅……

大学……

然后是公园……

尽管前一天下午在肖恩家厨房里发生的诡异事件把他吓得不轻，不过即将出发的兴奋仍然写在他的脸上。

在经过一个路口的时候，米娜从一侧靠了过来，朝他点了点头，两个人踏着同样的频率继续前进。米娜的背包鼓鼓囊囊的，似乎塞了很多东西。

一路上两个人一言不发，径直来到了码头，而康纳已经在这里等候他们了。

"你们一定猜不到昨天他们找到了什么！"康纳兴奋地朝着二人说道。

米娜和穆雷下了自行车，并将其靠在了旁边的一棵树干上。

"所以呢？他们找到了什么？"米娜反问道。

康纳双手交叉抱在胸前，摆出一副领导人有重要事情要宣布的样子说道：

"他们找到了依塔卡号。"

"你说什么？"穆雷和米娜异口同声地惊呼起来。

"你们没有听错，我的家回来啦！"

米娜立刻上前给了康纳一个拥抱，"这真是一个天大的好消息呀！"

"我以为依塔卡号还被困在漂浮岛呢……"穆雷嘀咕着。

"事实上，它之前确实是被困在了漂浮岛，"康纳继续说道，"不过显然后来它脱困了！"

"和你一样生命力顽强啊！不是吗？"穆雷笑了笑说道，"那它一切都完好吗？"

康纳心满意足地点了点头。"现在它在码头的修理厂，稍微修整一下就可以重新扬帆起航了。"随后他指着远处补充道，"好了，该出发了！"

在他手指的地方，墨提斯号正静静地停在水面上，高大而威严，主桅杆两侧伸出的帆架如同手臂一般试图拥抱天空，船尾的甲板距离水面至少有四米高，五颜六色的床单做成的船帆卷成一卷挂在桅杆上，轻轻晃动着，仿佛迫不及待地想要迎风飘扬。整艘船看上去像是维京船和海盗船的结合体。

无论从哪个角度来看，它都是如此美不胜收。

穆雷一只手放在眼睛的上方遮挡着阳光，另一只手伸进口袋里，抓住了之前在父亲的书桌夹层里找到的金色罗盘，这个罗盘似乎有着某种魔力，它能够认识大海，分辨风向，还能知晓距离。

"你们把东西都带上了吗？"康纳问道。

穆雷拍了拍米娜那个鼓鼓的背包。

"有人把整个国家图书馆都带来了，"穆雷说道，"看来她希望在一天之内把这些书全部看完。"

"也可能是一天半，"米娜也开玩笑道，"其中有些书我得复习一下，因为你们都知道我下周一有一场全国数学竞赛要参加。"

事实上米娜带的全部都是故事书，而非数学书，不过她似乎不用解

释太多，因为两个男孩也都知道这件事。

康纳帮米娜和穆雷将所有的东西都搬到了船上，然后卷起袖子，而另外两个人见状也都依样照做了。

"准备好起锚了吗？"

"是的，康纳船长！"

"很好，"康纳模仿着一位真正船长的口吻说道，"放下船帆，伙计们！"

墨提斯号尖尖的船艏在水波中起起伏伏，古老的船身发出吱吱呀呀的声音，伴随着船帆的展开，海风吹在布匹上发出呼呼的响声。

穆雷来到了船尾，在海风的吹拂下，他的头发有些乱糟糟的。

康纳紧握着方向舵，而米娜则来到了船艏平时穆雷最喜欢的位置上，紧紧地抱着木杆，海风渐渐大了起来，吹在三人的脸颊上，提醒着他们准备迎接新的冒险。

无论你是否害怕，你都必须承认，坐在一条船上，任由海浪将你带向远方，伴随着波浪的起伏不定会让人产生头晕目眩的感觉。更何况三个人现在要去的是一个虚幻之地，一个只有你相信了才会存在的地方，一个魔幻和危险并存的世界。

墨提斯号的船头缓缓分开海水，并且速度越来越快，白色的浪花在船尾处重新汇聚到一起。如同有一股神秘的力量在引导它一样，它很快便找到了蓝色之海的水流，找到了只有它认识的航线。在船的一侧，一群旗鱼似乎对于这位不速之客十分好奇，而聪明的海鸥则盘旋在船帆的附近，伺机寻找着捕食的机会。

穆雷、米娜和康纳三人一言不发，静静地享受着这种劈波斩浪的感觉。

这次他们又会去哪个虚幻之地冒险呢？蓝色之海的海风又会将他们带去哪里呢？

这时，在三个人面前不远处的海平面上突然乌云密布，看上去似乎是一场暴风雨。

不巧的是，云团的位置正好位于墨提斯号前进的方向。

"看上去好像挺危险的，你们觉得呢？"米娜看着云团问道，"我们要不要转个方向从边上绕过去？"

"也许那就是一场大雨而已。"康纳说道。

"我觉得用暴风雨来形容更贴切一些。"

不过当船只真正进入云团之中时，却发现那其中别有洞天，没有他们所想象的暴风雨。

被云团包围起来的部分其实是一片群岛。

大大小小的岛屿如同一座座小山丘一样凸出海面，和白色的雾气融为一体，使孩子们无法看清楚这些岛屿的全貌。

这里有一座、两座、三座……

一共有七座岛屿。

"这到底是……"米娜眯起眼睛嘀咕着。

穆雷和康纳来到了她的身边，三个人没有人认识这些岛屿，也没有人能够想象得出这样的画面。

"我们得想办法更靠近一些才行。"米娜说道，而墨提斯号也像是理解了她的意思一样，缓缓靠近了第一座岛屿。

不过他们始终都没有到达这座岛屿。

每当墨提斯号靠近这座岛屿的时候，就会发现这座岛屿离他们还有一段距离，仿佛是永远都无法触碰到的存在。

米娜饶有兴趣地微微一笑，"是瓦克岛，"她解释道，"是《一千零一夜》里提到过的瓦克群岛，据说这些岛上只有女性战士生活。"

穆雷来到了船的右侧，想试试能不能看得更清楚一些，不过尽管他

睁大了双眼，却还是只能在迷雾中依稀看到陆地的轮廓。

"还是看不清楚。"穆雷有些沮丧。

"肯定看不清楚，"米娜说道，"据说这些岛屿只有当地人才能看见全貌，对于外人来说，最多只能看到一个轮廓而已。你瞧！"

米娜指了指七座岛屿之中最大的那一座，就在它快要从迷雾中浮现出来的时候，却又如同捉迷藏一般远离墨提斯号而去。就像是在捉弄他们一样。

"据说这座最大岛屿的四周都是陡峭的斜坡，而在斜坡的顶部生长着一棵巨大的树，"米娜继续说道，"这棵树盘根错节，每根树枝的顶部都像人的脑袋，而且会发出'瓦克，瓦克'的奇怪声音，而这也是这座岛屿名字的由来。同时这棵树的果实则是女人。"

穆雷和康纳一言不发地盯着这座若隐若现的岛屿，这座岛屿如同害羞的姑娘，既引人遐想，又不想让人一窥全貌。

"你们听见翅膀拍打的声音了吗？"米娜注视着前方问道，"这些声音应该是来自鸟之岛，在这座岛上鸟类的鸣叫声响到可以让人听不清相互之间的说话声。如果你们听见动物的吼声或是惨叫声的话，那应该就是来自猛兽岛。另外，在那边红色云团下面，应该就是火焰岛所在的位置了，据说在那座岛上的熊熊烈火会吞噬掉人们的智慧和双眼，这样人类就失去了视力，也无法思考了。*"

穆雷听着米娜的叙述，轻轻揉着自己的太阳穴，想象着岛上的画面，似乎真的开始听见了米娜所提到的各种声音，尽管迷雾仍然令他无法看见岛上的情况。

---

* 注：作者文中关于这些岛屿的描述与《一千零一夜》中的故事相仿，《一千零一夜》是美丽与智慧的山拉萨德为了不被国王杀害而每晚为国王讲的故事合集。

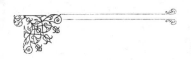

他似乎能够听见鸟之岛那站在树枝上嘶吼的马拉巴鹦鹉，盘旋在岛屿上空的黑寡妇长尾鸟，还有来自波斯的机警的黄喉蜂虎，以及有着黄色鸟喙的印度灰犀鸟。

他似乎还看见了一位亚马孙女战士挎着弓箭奔跑的身影，以及迷雾之中隐藏着的数双金色的眼睛。

在这里，野生动物和植物的气息弥散在空气之中，穆雷曾经在塔普班纳的黑色丛林中有过类似的感受，不过相较之下这里的气味没有那么刺鼻，多了一份和谐。

正在这时，墨提斯号似乎突然被某种力量从背后推了一把，周围的一切如同一张薄薄的蜘蛛网一样被撕开，康纳立刻跑向了船尾。

船的下面，似乎有什么东西。

一条长长的深色影子，就在船正下方的水里，康纳看见它微微划破水面之后，便立刻沉了下去，是一条鲸鱼还是潜水艇？又或者是大海深渊里跑出来的未知怪物？

"下面好像有东西！"他大声喊道。

穆雷和米娜立刻跑到了他的旁边，但为时已晚，两个人除了蓝色的海浪之外什么都没有看见。

"你确定吗？"穆雷问道。

康纳揉了揉自己的眼睛，有些紧张地从船尾的一侧跑到另一侧。

"我确定看到什么东西了！"他强调说，"不管它是什么，我有种不好的预感。"

在一片混乱之中，三个孩子似乎都没有注意到一件重要的事情。

天空已经开始下雨了。

寒冷而细密的雨滴从空中落下，如同一片片冰冷的刀片。

而就在这时，基穆尔科夫的轮廓出现在了远方的海平面上。

第五章

海盗之镇

如果很多人都不见了踪影，
那么最好和剩下的人聊一聊。

小镇看上去还是和原来一样，却又有了很大的改变，尽管距离上次他们来这里并没有过去多久。

第一个让孩子们感到吃惊的就是小镇的港口，和上次相比，这里不再凄凉，各种大大小小的船只停泊在码头上，伴随着波浪缓缓地上下起伏着。

不仅如此，一部分原来已经废弃的房屋似乎也焕发了新生，部分房屋的大门和窗户开着，屋子里的灯也亮起来。

穆雷、康纳和米娜看着眼前这熟悉又陌生的场景，驾驶着墨提斯号缓缓地驶入了位于灯塔和悬崖之间的港湾，阿尔戈山庄像一颗宝石一般镶嵌在白色悬崖的最高处。

"太好了，你们总算来了！"这时一个熟悉的声音传来。

在蒙蒙细雨之中，迪斯科·特鲁普船长正向着墨提斯号的方向走来，他身穿一件枣红色的外套，头上的羊毛贝雷帽遮挡住了双眼，嘴上还叼着一支巨大的陶土烟斗。

"辛苦了！"穆雷沿着船舷的一侧放下绳梯，然后一跃而下，"重要的是我们顺利抵达了。"

码头上，在迪斯科·特鲁普的身后，还有形形色色的人在来回忙碌着，他们看上去不像是本地人，眼神中充满了警惕，还有着强壮的手臂和狰狞的面孔。

"这些人是谁？"米娜沿着绳梯小心翼翼地爬下来之后问道。

"你是说这些壮汉吗？"康纳顺便调侃道。

迪斯科·特鲁普示意孩子们跟他走，于是三个人乖乖照做了。

"在你们离开之后发生了不少事情。"迪斯科一边说着，一边迈着稳重的步伐离开了墨提斯号的船位，他的外套在风中伴随着脚步有节奏地扬起。

"希望能够听到一些好消息。"穆雷望着四周说道。

"嗯……"迪斯科思考了一下，似乎是希望保留一丝神秘，"这样说吧，某个海盗回来继续重操旧业了。"

正当孩子们准备说些什么的时候，米娜在港口忙碌的水手之中似乎看到一些熟悉的面孔：褐色的大胡子，文满胸口的文身，光光的脑袋，嘴上的伤疤……这些人为什么总觉得似曾相识呢？

迪斯科在前面领着三人走向陆地，这时米娜用手肘碰了碰康纳，"他们是……他们是塔普班纳的那些人！"

"你们怎么不走了？还在后面窃窃私语干什么呢？"迪斯科一边加大了步伐，一边说道。

而穆雷一想到塔普班纳的经历，连路都快要走不动了。

这座拥有太阳之城的虚幻之岛被拉里·哈斯利搞得乌烟瘴气，并变成了一座黑帮统治之下的黑暗之港。而这座岛屿在反抗军的攻击之下陷入了一片火海。为了保护蓝色之海的航线不被印地会垄断，究竟该做到哪一步呢？难道要毁掉这些曾经的虚幻之地吗？

穆雷一路上都在想着心事，以至于当迪斯科·特鲁普停下脚步的时候，他差点撞到了一个箱子上。

等到他抬起头，这才发现眼前的并非是什么箱子，而是一个男人毛茸茸的胸口。而在这个男人的腰带之下，长着一粗一细两条腿，粗的那条长满肌肉，十分健壮，细的那条腿是假肢，木头做的。

"朗·约翰·希尔弗……"康纳在穆雷的身边先喊出了名字。

"是你？"穆雷这才反应过来，吃惊地说道。

海盗船长向后退了一步，双手叉腰，咧开大嘴，爆发出他标志性的笑声。

"哈！哈！你们还真是不赖呀！"他说道，"把那里大闹了一场之后还能全身而退！"

孩子们如同见到了兄弟一般给了他一个大大的拥抱。在此之前，也许他们还无法完全相信这样一个五大三粗的海盗，不过在经历了那么多事情之后，他们之间已经建立起了信任。

"你是怎么来到这里的？"穆雷问道。

朗·约翰·希尔弗拍了拍自己的胸脯，笑着回答说："小伙子，你可不是唯一一个知道时光之门存在的人哪。"

"那……这些奇怪的人又是谁呢？"米娜问道，"他们来基穆尔科夫做什么？"

"请注意你的措辞，我的小公主，这些人可都是有着多年航海经验的水手，不像你们这些新人！所以我建议你们能够和他们好好相处，因为之后他们就会成为你们的新伙伴，不管你们以后是遇到好运还是困难。"

"其他人已经在旅店餐厅了。"迪斯科·特鲁普说道。

朗·约翰·希尔弗捋着自己的胡子点了点头，"那我们就先过去吧，在那里等等剩下的家伙。"

"旅店餐厅？"米娜有些犹豫地问道。

"就是风之旅店，宝贝。"海盗解释说。随后他迈开大步向着主路走去，"现在我们暂时把那里作为据点了。"

"肖恩呢？"穆雷看了一眼四周之后问道。

"他在过来的路上，不用担心，你们的这个小伙伴非常准时，堪比我身上的关节炎……"

一行人沿着马路向前走着，两边的房屋有些大门紧闭着，有些则连门都东倒西歪的。他们米到了一处拐角，拐角的另一边是两扇敞开的木门，做出欢迎的姿态。

"你们准备好欢迎舞会了吗？"朗·约翰·希尔弗看了一眼三个孩

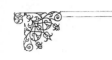

子，问道。

穆雷、康纳和米娜抬起头，看见一块写有"风之旅店"的招牌，上面的字已经斑驳不堪，再加上屋内随风飘出的海盐和烤鱼的香味，令人不禁怀疑这里是否早已名不副实。

招牌破败不已，真是物是人非呀。穆雷心想。

他打了个哈欠。

基穆尔科夫小镇上历史最久的旅店在沉寂了很长时间之后终于开始重新营业了，虽然并不是豪华餐厅，但总比街边小摊要好一些。屋子四周的墙壁在年久失修的情况下已经布满了裂纹。

当有风吹过的时候，大大小小的气流会从墙壁的缝隙中钻进来，将屋子里的各种气味混合到一起。

这真是一个奇怪的季节，小镇上时而会刮着温暖而潮湿的西南风，时而又会刮起寒冷的西北风。

而此时此刻，这里正聚集着来自各个地方的朗·约翰·希尔弗的船员们——高的、矮的、胖的、瘦的，每个人都驾驶着自己的船只来到了这个小镇。

"我的天哪！"穆雷睁大双眼惊呼道。

这幢外墙有些破烂的屋子里灯火通明，墙上用水手们从各地带来的绳子和各种瓶瓶罐罐装饰着，中间的吧台上放满了饮料瓶和水壶。而在房间的一个角落里，却放置着一张十分奇怪的大桌子，与这里的氛围格格不入，胡桃木的桌面下依靠着四条细细的桌腿支撑着，桌面的下方设置着大大小小的抽屉，同时桌面上还放着各种书本和航海图，乍一看像是从一位疯狂的外交官书房里搬来的东西。

不过这间屋子里显然并没有什么外交官，有的也只是一群来自各地的海盗而已，他们的腰上挂着弯刀，手臂上青筋暴起，这群人在这个陌

生的地方一起喝酒聊天，如同是长久未见的好友聚会，还时不时地用匕首顶着脑袋开玩笑，发出豪爽的笑声。

孩子们既有些好奇又有些害怕地看了一眼里面的情况。

"我知道你们在想些什么，"还是朗·约翰先开口说话，"我也很同意。也许我应该叫一些更好的人过来，不过我也没太多办法，我已经尽力了，能够拉这些人过来已经算是一个不错的结果了。"

穆雷看了一眼房间里的海盗们，其中有不少新面孔，并且肯定有许多人是从不同的黑暗之港过来的。虽然他们长相看起来有些粗鲁，不过在穆雷看来这些粗人大多性格豪爽，不像是阴险狡诈的小人，由此可见即便是在虚幻的世界里，也不能够以貌取人。

"你们也一起过来吧，他们不会吃掉你们的！"朗·约翰·希尔弗对着孩子们挥了挥手说，"我刚才已经吃过午饭了。"

三个孩子在一群海盗的注视之下缓缓走了进去，径直来到了最里面那张大桌子的边上，朗·约翰摊开了一幅基穆尔科夫的地图，上面用青金石画了许多标记。

当海盗船长展示他的地图时，仿佛换了一个人似的，那双粗壮的手拿捏起纸张来格外细心轻柔。穆雷还注意到桌子上放着一本加里比教授改编的《宝藏岛》，在这本书里，朗·约翰可是被刻画成一个非常绅士的海盗。想到这里，他不禁莞尔。

难道是这本书改变了大海盗的性格？

"我们想要召开一次会议，"朗·约翰解释说，"不过要组织这种事情可不容易，我们一共分三次发送了所有的请帖。"

"那我们收到的应该就是第一次发过来的请帖了。"米娜说着，她注意到在不远处，一个海盗凶神恶煞般地盯着她，米娜情不自禁地往小伙伴的身边靠近了些。

"不知道除了我的那些老相识之外，还有谁会回应这次邀请。"朗·约翰说完喊道，"猎犬！"

一个身材高大的海盗立刻站起身走了过来。

"请吩咐，老大！"海盗打了个嗝后说。

"汇报一下位置。"

海盗点了点头，然后在基穆尔科夫的地图前弯下腰，开始汇报下属报告上来的每个人的位置："泊涅罗珀·摩尔现在还在灯塔那里进行反抗军广播电台的播音，预计马上就动身返回阿尔戈山庄了，而加里比教授则忙着在悬崖边的洞穴里进进出出。"

"他在那里干什么呢？"穆雷问道。

"啊，这你可别问我，"海盗回答说，"他总是爱和那位查伦治先生嘀咕着，不知道他们在讨论着些什么。"

"啊，我知道那个人！"朗·约翰·希尔弗打断说，"他有着非常有意思的性格，我建议你们可以认识一下。"

穆雷看着地图，很快找到了位于阿尔戈山庄上肖恩的名字，正当他准备打听自己最好的朋友的消息时，却发现肖恩已经满头大汗、气喘吁吁地站在了自己的面前，看来小伙伴是一路从阿尔戈山庄跑着来这里的。

"肖恩！"米娜喊着冲过去抱住了小伙伴，"总算见到你了，肖恩，该死，你得好好把所有的事情都告诉我们！"

肖恩被这突如其来的拥抱搞得有些不好意思了，脸"唰"的一下红了起来，随即他转向穆雷，发现穆雷的眼中充满了喜悦，就像见到了一位失踪许久的兄弟一样。

要不是这里人多，穆雷也许会一下子跳到肖恩的身上。不过他克制住了，只是慢慢地走过去，将装满了换洗衣物的背包放在了他的脚边。

　　"这是你要的东西。"穆雷有些难以克制自己的激动。

　　肖恩让米娜的拥抱搞得都有点站不住了，随后他拍了拍穆雷的肩膀说："好久不见哪，要知道这里可是发生了许多事情。"

第六章

上上下下

阶梯可以用来向上，
也可以用来向下。

阿尔戈山庄和孩子们离开时相比简直焕然一新。

外墙上的脚手架还没有拆除掉，但是已经可以看见全新修整过的墙面，房顶有一半还敞开着，正在进行着修复。如果说孩子们离开之前的阿尔戈山庄像是一位经过风雨洗礼之后略显狼狈的老妇人的话，那么此时此刻的她仿佛重新挺直了腰杆，整理好了衣服。

这其中很大一部分的功劳都得归于肖恩的父亲——维特灵先生，他在建筑方面的天赋正好得以充分发挥。

"维特灵先生！"穆雷在院子里抬头对着上面的人招呼道。

肖恩的父亲站在阁楼上，用手挡住额头，对着穆雷点头致意，他的手上还拿着一把脏兮兮的水泥板，脚边放着一摞瓦片，看上去正在进行着阁楼房顶的修复。"嘿，孩子们！你们看到了吗？这可不是一个简单的活儿！我做得还不错吧？"

康纳对着肖恩的父亲微微一笑，与此同时，米娜和穆雷差点被两个身高一米二左右的小胖子给撞到，他们定睛一看，才发现这两个人是此前在塔普班纳见到过的朗·约翰的手下。朗·约翰在黑暗岛上生活的时候收养了许多无家可归的孤儿，希望将他们培养成年轻的海盗，虽然这些孩子说着一些别人无法理解的语言，不过他们绝对服从于朗·约翰的命令，而且最重要的是他们全都忠贞不贰。

"看看这两个人是谁？"米娜一下子就认出了他们，"你们还是喜欢一直在大人身边乱跑吗？"

两个小胖子笑着跑开了，躲到了一个刚从屋子里走出来的苗条女人的身后。

穆雷一下子认出了这个人："泊涅罗珀！"

摩尔女士面带微笑，优雅地走上前来。和上一次相比，她看上去精神了不少，眼神中重新燃起了希望的光芒，如同在黑暗之中出现了一盏

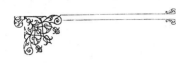

灯笼照明了道路。

"欢迎你们回来，孩子们！"她平静地招呼道。

"这里的变化真大呀。"康纳伸出双手比画着说道。

"确实如此，"摩尔女士随即对着孩子们招了招手，"你们赶紧进来吧。快点，先喝杯茶再说。"

于是三个孩子走进了阿尔戈山庄，并在客厅里坐了下来，而房屋的内部摆设其实并没有任何变化。

"我们已经见到了朗·约翰·希尔弗。"穆雷喝了一口杯子里的红茶说道，"他们似乎把这里弄得挺好的。"

"哦，是呀，他们帮忙把这里整理了一下。"泊涅罗珀从饼干罐头里取出来一些饼干递给了孩子们，"不得不说，有一个像朗·约翰这样的绅士作为盟友，对于我们来说是非常宝贵的。"

"当然，有时候他的一些做法还是……有待商榷的，但是我们也不可能让一只苍鹰变成一只蝴蝶，而且他的过去也并非一无是处，你们知道吗？他还是一位非常棒的厨师呢！"

听到这番话，米娜和穆雷立刻联想到了在塔普班纳的海盗屋里品尝到的令人馋涎欲滴的烤鱼，两个人不约而同地点了点头。

"他睡在这里吗？"女孩问道。

"不，他睡在院子中内斯特的小屋里，"泊涅罗珀说完，立刻补充道，"是原来内斯特住的那间小屋子，朗·约翰将那里打理了一下，这些工作对于他来说简直是小菜一碟……当然，准确点说是他手下的那些孩子帮着一起完成的。那些可怜的孩子如同分工明确的蚂蚁一样，有时候看到他们脸上的笑容，我都不好意思打断他们。"

穆雷将茶杯放在了面前的茶几上，脸色渐渐凝重起来。尽管他们得到了一位强有力的盟友，但是还没到可以放松的时刻，他的心里很清楚。

"那瑞克呢？有什么消息了吗？"男孩问道。

瑞克·班纳是基穆尔科夫反抗军的船长之一，在此之前，他和加里比教授一起被虚幻印地会给抓住了，孩子们在塔普班纳的地牢里解救出了教授，而瑞克则被押送上了黑色海妖号，并被转移到了别的地方。

"很遗憾，暂时还没有新的消息。"泊涅罗珀摸着自己的额头回答说。

"那我们今天在港口那里看见的那些船只又是谁的呢？"康纳问道。

"那些船只是你们今天在这里看见的那些海盗的，他们成了反抗军的新生力量。希望其他人也能够尽快回应朗·约翰·希尔弗的邀请……不过我们暂时无法预测还会有哪些人加入进来。"

"我注意到其中有不少人都是从塔普班纳来的。"米娜说道。

泊涅罗珀点了点头，"不只是塔普班纳，现在关于反抗军的邀请已经逐渐在虚幻之地传了开来，每天都有新人加入。"

穆雷笑了，他很高兴局面正在改变。

他一直相信一个人的想象力是一种很重要的能力，虚幻印地会也正是利用了这一点才得以在虚幻之地横行霸道，压榨这里的人民。不过有一件事他们忘记了，那就是如果人们被禁锢，也就失去了想象力。

有多少印地会的成员是因为没有选择才成为拉里·哈斯利的手下，他们难道不想摆脱这种被禁锢的思想吗？

每个人都应该拥有选择自己人生的权利。穆雷心想，有人还没有使用这个权利，只不过是因为他还没有意识到自己的这个权利而已。

所以对于这些人而言，只需要引导他们，让他们看见自由，看见这种权利，也许他们就会意识到。

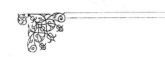

　　毕竟有人曾经说过：语言就如同一位极富魅力的女士。*

　　此时的米娜心里却有着另外一个疑惑。

　　"为什么那些印地会的人没有趁此机会攻击这里呢？"米娜问道，"既然这些自愿加入反抗军的勇士可以过来，印地会的人也可以过来呀，他们不可能不知道这里是反抗军的大本营！"

　　"他们当然知道反抗军的存在，只不过他们找不到我们，"泊涅罗珀面带微笑回答说，"准确点说，应该是他们知道我们的位置，但是却不知道怎样才能过来，我们曾在外海见到过虚幻印地会的船只，看上去虽然很近，但是他们却无法抵达这里。从某种意义上来说，我们被保护着，但是这种保护延续不了多久，他们迟早会找到这里，而对于我们来说，那就是我们的末日了。"

　　泊涅罗珀说话的时候语气十分平静，不过孩子们仍然感受到了她心中的一丝忧虑，因为他们也是由于相同的忧虑才重新赶来这里的。

　　"是尤利西斯想办法保护了这个地方。"泊涅罗珀一口饮尽了杯子里剩余的茶水，并重新倒了一杯。

　　"他究竟是怎么做到的？"康纳问道。

　　"他将海湾附近的居民都疏散了。"

　　回答的人不是泊涅罗珀，而是一个有些沧桑的声音，来自孩子们的身后。

　　加里比教授如同超人一样突然出现在了客厅里，只不过他的头发不是金色的了，而是如同一个鸟窝，身上也不再穿着蓝色和红色的紧身衣，而是一袭考古学家的长袍，上面沾满了尘土，携带着一个安装了两个大灯的矿工帽。

―――――――――――

　*　注：这句话应该出自生活在公元前五世纪到公元前四世纪的希腊哲学家高尔吉亚之口。

"教授先生！"穆雷喊道。

托尼·加里比摘下了灰蒙蒙的眼镜，用一块脏兮兮的手帕擦了一下。

"能再见到你们真是太好了，孩子们！"他有些激动地打招呼。

"感觉像是过了一个世纪。"米娜走过去帮他拍了拍身上的灰尘。

"哈哈，我感觉像是只过了五分钟。"教授笑着说道，"反倒是我自己，已经老了，感觉像是活了一个世纪。"

孩子们重新坐到了自己的位子上，而教授则靠在一个铺着床单的沙发扶手上。穆雷重新回到了刚才的话题："你刚才说尤利西斯·摩尔疏散了海湾附近的人群是为了保护这个小镇？"

教授指了指面对着小镇的窗户，让孩子们向外看一下，同时解释道："对于一个虚幻之地来说，那里的居民越少，这个地方就越是难以找到。"

"难道基穆尔科夫的居民不是被虚幻印地会给抓走的吗？"康纳有些疑惑地问道。

"可能有一部分吧，剩下的大概都是被尤利西斯·摩尔带走的。"

这时，在此之前一直都没有说话的肖恩看着其他人补充道："但是我们并不知道他去了什么地方。"

加里比教授侧过头来，仿佛有什么不同看法。

"准确点说是我们原来不知道，"教授纠正说，"但是，就在几分钟之前，我和查伦治教授可能找到了一些线索。"他扶了扶自己的眼镜，"就在这下面。"

第七章

黑暗姐妹

再有天赋的人也会被黑暗埋没。

黑暗岛港口的大火正在渐渐减弱。

经过大火洗礼后的船只东倒西歪地漂浮在水面上，浓浓的烟雾令人无比压抑。

海德夫人站在原地，面对着这个被反抗军攻击之后的现场。她的船只仍然停靠在码头，只不过大火如同一头怪兽已经吞噬了整个船尾和一部分船体，只留下了龙骨的残骸。

那些残存下来的灰色士兵已经扑灭了残留的明火，修好了他们可以修的部分，此刻正全部站在岸上，等候着下一步的命令。

不过，海德夫人并没有对他们下命令。

尽管她是留在岛上的唯一一位虚幻印地会的高官。

此时她感到十分孤独，不管她是否愿意承认。

没有人是没有同伴的。

那个她在里昂尼斯岛和黑暗岛两次遇到的男孩这样说过。

穆雷！

反抗军的领袖！

反抗军的攻击令她落入了大海。

然而这个男孩又救了她的性命。

为什么他要这样做呢？

他只不过是一个再普通不过的男孩，高高瘦瘦，有一头乱蓬蓬的深色头发，并没有任何突出的地方。他又是如何找到里昂尼斯岛的呢？一定是有人帮助他，一定是这样的，尽管岛上的人没有人承认。

一个独腿海盗……海德夫人突然想了起来，这个人突然不见了。虽然有手下说这个海盗有可能死在了黑暗丛林中，不过他的话可信吗？难道只是因为有人目击这个人乘着小船沿着河流驶向了丛林的方向就断定他死了吗？

他究竟为什么会沿着小河去往黑暗丛林呢？他的最终目的地是什么地方？难道是太阳之城的废墟？他去那里做什么？

海德夫人那袭紫色外套下的身体在颤抖，她感到愤怒，感到困惑，感到疲惫，而这些根本就不应该发生。

一阵微风吹过，她的长袍腰带飘落下来，正好掉在了地底寺庙的入口处。"还没有到绝望的时候。"海德夫人自言自语道。

反抗军的头目之一——瑞克·班纳还在他们的手上，他被押上了黑色海妖号，并被送往了位于克罗姆的首领城堡。

克罗姆……

在印地会成立之前她从未听说过这个地方，包括许多其他虚幻之地也是一样，这些地方是和拉里·哈斯利一起突然冒出来的，说不定根本就是他建造的。

是他"想象"出来的……

确实，哈斯利的出现令整个虚幻世界改变了不少。海德夫人一度非常感激哈斯利，感激他成立了印地会，感激他给自己留下了这个职位。不，"感激"这个词也许不太准确，"互惠互利"更合适些。

海德夫人沿着长长的大理石走廊向前走着，一直来到了巨大的卡里神像前。这座有着许多手臂，面目狰狞的神像是这座港口的守护之神。神像的脚下有一个水池，里面有一条金色的鱼在缓缓地游动着，而水面也伴随着它的动作形成了一圈圈涟漪。

海德夫人将自己的手臂伸进了温热的水池里，光滑的鱼鳞滑过她的手掌，一阵恶心的感觉由心而生。

这真是一个糟糕的主意，竟然要通过水池里的鱼来通话。不过就眼下来说，她没有别的方法来和外界沟通，因此海德夫人还是只能跪在水池边，整个前臂没入水中，静静地等候着。

黑色海妖号如同一只海鸥一般劈波斩浪，飞快地驶向拉里·哈斯利的秘密老巢。

海水在船艏处一分为二，并在船尾重新合拢，激起阵阵白色的浪花，并最终形成了一条长长的尾巴。

一双细长的眼睛在寒风中看着海平面，如同一头静伏在草丛里等候猎物的豹子。

杰奇尔夫人双手交叉在胸前，站在有着四条手臂的船艏神像边。

距离克罗姆城堡应该已经不远了。

此时此刻的黑色海妖号已经不再需要人驾驶，一双看不见的双手正在引导着它，一股难以察觉的力量正在推动着它。

这个犯人一会儿将会面对一场危险的欢迎仪式……杰奇尔夫人心想。

在她的脚下，海水的颜色越来越深，仿佛在怒吼，这令人感到畏惧。拉里·哈斯利就是这样一个人，他能够令敢于说不的那些岛屿颤抖。远处的海平面上堆积着大量的乌云，还伴随着密集的闪电，在乌云下面是一个巨大的漩涡，如同一个黑色的无尽深渊，吞噬着敢于靠近它的一切物体。*

有些传说认为漩涡是会移动的，它们会跟在那些倒霉的船只后面。不过杰奇尔夫人可不关心什么传说，她只关心自己该做什么，并且把自己的想法付诸行动。

和她的妹妹不同，她更有野心，更感情用事，也更冲动。当然，这种比较是基于她记忆中的那个妹妹，因为两个人已经有好些年没有说话了。

---

* 注：巨大的漩涡，吞噬着周围的一切——这种描述曾经出现在埃德加·艾伦·波的《莫斯肯漩涡沉浮记》以及儒勒·凡尔纳的《海底两万里》之中。两位作者似乎对于深渊的恐怖力量都有着异常的兴趣。

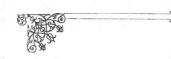

杰奇尔夫人和海德夫人。

两个人之间不再说话的原因是因为她们几乎同时陷入了爱情，然而命运却给她们开了一个巨大的玩笑，她们所爱上的竟然是同一个人！于是一切都改变了，再也回不去原来的样子。

一波大浪迎面而来，杰奇尔夫人抓住了栏杆。

她眯起双眼，是的，已经不远了，她嗅到了决战临近的气息，反抗军已经不再是一个简单的小问题了，现在它成为印地会的心腹大患。

而拉里·哈斯利是绝对不会放任这样一个心腹大患坐视不管的。

黑色海妖号的主桅杆在海风中发出咝咝低吼，如同一头被关在牢笼里的恶犬，杰奇尔夫人这时突然想起了在甲板下面还关着某个人，此时此刻他也许正害怕得发抖。

于是她不紧不慢地整理了一下自己的那身紫色长袍，进入船舱里，拿起一碗热汤，送到了牢房门口。

他的名字应该叫瑞克·班纳吧，有着一头红色的头发。

当杰奇尔夫人见到他的时候，他正盘着双腿，靠坐在一个箱子边上。

"吃吧。"夫人命令道。

瑞克的嘴唇由于口渴和空气中的盐分已经开始开裂了，他很想拒绝来自敌人的施舍，不过也许现在并不是逞强的时候，他需要足够的力气坚持下去。

"快吃吧，听到没有？"

瑞克·班纳缓缓地抬起头来，没有一丝害怕的样子，他从杰奇尔夫人的手里接过碗，先是小心翼翼地抿了一口，然后便大口地喝了下去，喝完之后他扭头用肩膀上的衣服抹了抹嘴，深吸了一口气，再缓缓呼出。热腾腾的汤进入胃中，让他的身体暖和了起来。瑞克闭上了双眼，想起了自己小时候的事，每个冬天周末在家的时候，他最喜欢在晚上喝一碗

热汤，还有自己的狗趴在脚边陪伴着。

不过这个想法转瞬即逝，他很快便重新睁开双眼，看着面前这个穿着深色斗篷的女人，直勾勾地盯着她的双眼。那里到底有些什么？是怜悯还是残忍？

不是，这两种都不是，在这个女人的眼睛里隐藏着某种瑞克无法理解的东西。

"你们打算把我带到和其他人同样的地方吗？"他问道。

杰奇尔夫人目不转睛地看着他。

"我们是去另一个牢房吗？"瑞克再次问道。

"不是。"

"那是哪里？难道是去巨人岛？"

"也不是。"

"是不能告诉我吗？"

"也可能是我不想说。"

瑞克将碗递了过去，"我喝完了。"

杰奇尔夫人站在距离他几米远的地方，一动不动。

"在我们抵达之前你不会再有东西吃了，所以你也不用再向我要了。我会留在船舱里，不过我会把这扇门关上，你也不用费劲地想要挣脱手铐，因为那样做根本就是徒劳的。"

说完，杰奇尔夫人转身走了出去，关上了牢门，不过她并没有锁上门闩，而只是将门虚掩着。

"我们现在去的是他的家。"她说道。

瑞克的眼神立刻变得警惕起来，"他也有家？"

女人点了点头。

"克罗姆，那个地方的名字。"

第八章

地底之旅

有一就有二。

些用奇怪油漆写在石板上的文字。

一支火把一样的东西。

一个刻在石头上的方块，也有可能是贝壳……

加里比教授将这三张照片展示给孩子们看。

"也许在你们看来这些并不算什么，"他说，"不过要知道这些东西都是在这里的地下发掘出来的。"

穆雷、肖恩、米娜和康纳传阅着这些照片，并仔细研究着。

"最早发现的痕迹位于地下十二米的位置。"教授说，"看上去似乎并不起眼，特别是相对于第二张照片来说。"

教授将火把放在了地上，穿上了绑有绳索的救生衣，将自己包得像个粽子，然后站到了断崖的边缘处，检查了一下那些一直延伸到黑暗深处绳索的牢固程度。

穆雷、米娜、肖恩和康纳不知道自己究竟应该将注意力放在哪里，是穿着夸张的加里比教授，还是那三张照片，以及岩洞四周闪闪发光的墙壁，或者身材高大的查伦治教授。事实上，第一次见到查伦治教授的时候，孩子们确实被吓了一跳，他的身高至少有一米九，满脸胡子，如同刚从亚马孙丛林中探险回来，长得一副凶神恶煞的模样，背后还挂着一支火枪。

"别穿那些东西了，加里比，那玩意儿就连一个十八世纪的女人都不会穿！"他们看着教授身上鼓鼓囊囊的救生服说道，"被这么包着你连气都透不过来了！"

"这东西穿起来是不太舒服，不过总比我意外死掉要好。"加里比教授一边检查着腰间系着绑带的扣子，一边说。

对于孩子们来说，这还是他们第一次来到基穆尔科夫的悬崖山洞里探险。

这条隧道从岩石的开口处向内延伸了大约五十米，之后便是一道深不见底的鸿沟。

四周的岩石有些湿漉漉的，地上还有积水，另外岩壁上还有一些穆雷无法形容的物质。是玻璃吗？玻璃有气味吗？

洞穴内石头的表面上覆盖着一层白色的东西，如同盐结晶，反射着火光，在海水浸湿的地方还稀稀拉拉地长着一些绿色的霉斑。向着地下深渊的那一侧，隐约能够感受到从下冒上来些许热气。

"这些是萤石晶体。"加里比教授顺着肖恩的目光解释道，"我从来都没见到过那么多萤石晶体同时出现在一个洞穴里，而且，在这下面你们还能找到更多从未见过的东西。"

"你是说……我们还能找到？"米娜有些犹豫地问道。

"你们该不会以为我是要一个人下去吧？你们看到的那些照片只不过是尤利西斯·摩尔留下的踪迹中的一部分。

"当然，我的意思是说可能是他留下的踪迹，查伦治教授比我细心多了，在探索的过程中，他帮了我不少忙！"

"说实话，要比你细心实在是太容易了，加里比。"查伦治打断他说，"你的视力还不如一条蝾螈（一种几乎无视力的两栖动物）！"

穆雷仔细看了查伦治教授一眼，发现在他的口袋里塞满了字条，上面密密麻麻地记录着各种笔记，而他身后的岩壁上则挂着不少下降攀岩的工具。

"我们的好朋友查伦治教授一会儿会借给你们一些绳子和挂钩，不过他今天看上去好像不太想要一起下去的样子。"托尼·加里比教授说道。

"你说得没错！"查伦治教授如同一头被困住的老虎一样在隧道里

来回走着，"因为我今天得去抓鬼！""*

康纳看着查伦治教授的样子，暗自祈祷着他携带的那支火枪里面没有子弹，尽管这种期望连他自己都不太相信。

"伙伴们，你们过来看一下。"穆雷注视着第一张照片喊道，"你们有什么发现吗？"

米娜、康纳和肖恩来到了他的身后，顺着他的目光看向照片。

照片上文字的四周已经模糊成了一片白色。

"我什么都看不清楚。"

"我也一样……"

"我也是。"

"到下面之后你们就可以直接看到现场了。"加里比教授说，"查伦治！帮这些孩子穿一下防护服吧，他们好不容易大老远来到这里，要是摔断胳膊摔断腿就不好了。我向你保证，做完这件事之后我就不会再麻烦你了。"

查伦治教授耸了耸肩，向孩子们演示了应该如何穿上岩降用的装备。尽管所有配备的手套和鞋子都不合尺码，不过孩子们还是将就着穿上了。

肖恩非常从容地穿上了防护服，套上绳索和挂钩，就像是以前曾经穿戴过这种装备一样。"你们好了吗？"他问道。

穆雷和米娜相较之下速度就慢一些，康纳的嘴里还一直嘀咕个不停。

"这么深的地方我可从来都没有下去过。"他解释道。

"这看上去就和蹦极差不多。"肖恩说。

---

* 注：在亚瑟·柯南·道尔的著作《失落的世界》中也有一位名字叫查伦治的教授，两个人连性格都有些相像。

"这应该算是我人生的第一次吧。"

"幸好是这样！"米娜在一旁补充道。

"所以你们到底是来这里聊天的，还是来帮助摩尔女士的呢？"查伦治教授打断了孩子们的对话。

康纳仔细打量了一下四周，深吸了一口气，然后说："我准备好了。"

于是，四个孩子沿着结实的绳索，跟在加里比教授的后面，小心翼翼地向深渊的深处下降。

穆雷与肖恩的胆子比较大，下滑的速度也很快，而米娜则一步一步地龟速下降，康纳更是夸张，几乎每下降一厘米都会停下来。

绳索在孩子们的防护手套之间滑动着，周围的石头在缓缓地向上移动，防护服紧紧包裹着身上的肌肉，同时头盔上的两盏矿灯则为他们提供了非常有限的视野。

穆雷闭上了眼睛。

在这样一处不知道有多深，也不知道什么时候才能停下来的深渊中下降，让他产生了一种十分奇怪的感觉。

仿佛是在一片沼泽地之中抓住了唯一一根救命稻草，从已知走向未知。

这种感觉和一个人的成长差不多。

周围的空气越来越潮湿，在又下降了一段之后，一阵窸窸窣窣的声音突然打断了他们。

"我们到了！"加里比教授依靠双脚支撑在岩壁上，停了下来，"你们到这里来看！"

他的声音虽然不大，但是在四周岩壁的反射之下形成了多重回声，并最终消失在了黑暗里。

肖恩、穆雷、米娜和康纳加快了速度，来到了加里比教授的上方，并顺着教授的灯光望去。这是第一张照片里所显示的那条信息，由于黑暗的原因，在照片上令人难以辨认的文字，在现场看起来十分清晰。有人用荧光漆写下了这些文字。穆雷将手放在了信息边的岩石上，令他感到有些意外的是石头并没有想象中那么冰冷，而是有些温暖。

岩壁上写着：

> 若想伸手拥抱阳光，
> 则需坚持直到尽头，
> 一路反思，一路向前，
> 灰烬而去，浴火而归。

孩子们停留在半空中思考着这段文字的含义，穆雷从口袋里掏出自己的笔记本，但由于防护服的关系，他只能随便翻开一页，歪歪扭扭地将岩壁上的文字抄了下来。

"这是什么意思？"肖恩率先开口问道。

"我不知道。"穆雷回答说。

"有一点是可以确定的。"康纳打断说，"如果想要弄清楚的话，我们还得继续向下走，因为'坚持直到尽头'的意思应该是走到底才行。"

"对于这句话我想大家应该都没有异议。"米娜微笑着说。

"看来我们也没什么别的选择。"加里比教授说道，"毕竟我们也不可能就这样下到一半就回去。"

于是一行人开始继续向下走。

又过了一段时间，他们的脚踩到了石块，于是孩子们解开锁扣，四下观察，这才发现这里并非是深渊的底部，只不过是一块凸出的平台而已。向下望去仍然深不见底。

"你们的头最好不要乱动。"加里比教授看着四处转动的矿灯光束

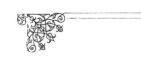

说，"而且要特别注意不要相互看对方的脸，不然的话你们就会晃到彼此的眼睛。"

孩子们点了点头，继续跟在教授的身后，他们很快就注意到在平台一侧的岩壁上有一条隧道通向岩石内部，于是五人排成一列，缓缓走了进去。加里比教授带头，穆雷紧随其后，然后是另外三个人。脚步声与回声混合到了一起。

"这里离地面有多少距离？"肖恩突然问道。

加里比教授头也不回，继续向前走着，"大约二百七十米。"

肖恩有些吃惊地吹了声口哨。

"我们现在是在基穆尔科夫的下面吗？我的意思是说在小镇的下面吗？"米娜问道。

"应该还没到。"教授回答说，"不过也没多远了。"

四个孩子听从了教授的建议，时刻注意着避免让自己头上的矿灯照射到其他人，而是相互分工，让灯光照亮周围的环境。他们所在的这条隧道相对来说还是比较宽敞的，灯光找到的顶部能够见到一些反光的物质，不过孩子们并不清楚那到底是什么。

人的影子在灯光的投射下出现在岩壁上。

唯一能够确定的就是他们确实是在地底。

他们所在的地方也许是一个远古时期就已经存在的洞穴，黑暗和寂静让孩子们的视觉和听觉变得迟钝，这足以唤起人类最原始的恐惧。与此同时，他们身上的汗味显得特别刺鼻。这时，米娜似乎听见了远处传来的水滴声，这一发现也许在他们口渴的时候能够派上用场。

走在这样的隧道之中，康纳突然本能地想起了自己小时候和伙伴们玩追逐游戏时的情景，每当他沿着狭窄的过道逃跑的时候，总会感觉有人在身后跟踪着。

这种完全自然脱离人类干扰的环境，总是能够唤醒每一个人心中的另一个声音。

那个声音会让自己回归本性，回归自然。

越往前走，一行人的话就越少，注意力也越集中，视觉和听觉的弱化似乎让他们得以从另一个角度去审视自己，让他们的心灵回归到孩童，摒弃世俗杂念。这种感觉在米娜专注于某些书籍的时候也曾经体会过。

不知道经过了多久，隧道的两侧出现了许多由钟乳石和石笋隔出的通道，这些钟乳石大小不一，一部分从顶上倒垂而下，一部分从地面长出。而加里比教授则转身进入了其中的一条通道。

"我们像走在一堆贝壳上一样。"康纳脚下的碎石块时不时地发出轻微的断裂声。

"各位请注意自己的脚下。"加里比教授说道，"与其说是贝壳，不如说更像是肥皂。"

孩子们还没来得及反应过来教授的意思，肖恩便一个趔趄，向前摔了下去。

"呜哇！"他倒在地上呻吟道。

"肖恩！"米娜立刻喊道，"你还好吗？"

肖恩用袖子擦了一下脸，这才意识到自己的脸颊上沾着不少石屑，"我还好。"

就在他开口之际，嘴唇上的一些石屑进到了嘴里，于是肖恩赶紧吐了出来："呸！啊！"

"你没事吧，肖恩？"加里比教授问道。

"应该没事，不过你们也要小心点。"

肖恩小心翼翼地保持平衡，重新站了起来。

"你别离我太远。"穆雷下意识地说道，这句话也是他母亲的口头禅。

在确认了肖恩并无大碍之后，加里比教授重新向前走去，"你们踩着我踩过的地方前进，别跟丢了，一般来说这种地底洞穴都不会只是孤立的一个洞穴，而是会形成四通八达的相互通连的洞穴，就像我们现在所在的这个一样，通常我们称其为'岩溶洞'。"

一行人沿着悬崖内部的隧道继续前进，教授向孩子们大致介绍了一下这类洞穴的形成原因，同时他们也发现这个地方已经不是一个简单的岩洞了，简直可以称得上是一座大型迷宫。

这是一座位于地底，四通八达的岩石迷宫。

他们最后来到了一片略微开阔一些的空地上，周围的岩石泛出微红色，如同一头猛兽的血盆大口，而那些钟乳石和石笋则正好形成了猛兽嘴里尖利的牙齿。

"我和查伦治教授此前已经尝试过了许多岔路，最后找到了这个。"

顺着教授的灯光望去，孩子们见到了一支高约一米二的石笋，在其顶部的地方发出幽幽的光芒，这就是第二张照片上的"火把"。

"啊！这是什么？"穆雷问道，"难道里面含有某种能够发光的矿物吗？"

加里比教授转过头来，那支"火把"便立刻熄灭了，原来只有当矿灯的光线照到它的时候，它才能发光。

"这不是什么矿物的原因，和刚才的文字一样，这支石笋上面被人涂上了荧光漆，只不过这次……他留下的是一个圆环的形状。"

米娜和康纳好奇地走到了石笋的边上。

若想伸手拥抱阳光……

穆雷似乎突然想起了什么，"教授先生！您可以帮忙再照一下这里吗？"

　　加里比教授转过头来，将头顶上的矿灯对准了石笋，顶部的那个圆环瞬间亮了起来。

　　"像是一枚银币一样在反光啊！"肖恩伸手略微遮挡了一下自己的双眼说道。

　　"也可以理解为像是太阳一样……"穆雷微笑着说。

　　"若想伸手拥抱阳光……"肖恩嘴里重复了一遍，若有所思，"也就是说留下那条信息的人希望我们能够点亮这个圆环，伸手拥抱阳光，阳光指的就是这个圆环。"

　　"为什么他要我们伸手拥抱这个圆环呢？"米娜问道。

　　"可是我们戴着矿灯啊，"康纳说道，"为什么还要'伸手'呢？"

　　加里比教授微笑着解释道："非常棒的思考角度，不过如果你们站在那个人的角度来看的话——尤利西斯·摩尔，或者是他的某一位同伴——他们不一定会预见到来到这里的人会戴着矿灯这种装备，而如果不是矿灯的话，那么最有可能的照明物品就是一支火把了。"

　　"如果是一支火把的话，那么要想照亮这个'太阳'，确实需要'伸手'去拥抱它了，现在我懂了！"

　　"不过我还是搞不懂他为什么要这样做。"米娜继续问道。

　　"你可以过来一下。"加里比教授对米娜说道。

　　米娜来到了发光圆环的边上，顺着圆环射出去的光线，她立刻注意到了岩石之间的一条密道。

　　"我们应该朝那个方向走！"米娜恍然大悟。

　　"我也是这么想的！"加里比教授点了点头说。

　　所有人从密道的入口处走了进去，发现里面其实还算宽敞。

　　没多久，他们似乎发现了什么。

　　"快看那里！"康纳喊道，"一个湖泊！"

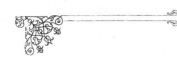

岩石中的盐分经过长久的年代之后在地面上形成了一处洼地，同时空气中的水分凝结于此，最后就成为一个地底湖泊。

周围的钟乳石和岩壁在平静的水面上形成倒影，尽管没有风，但却仍然在微微颤动着。

"信息的后面一句指的应该就是这个地方了。"教授低声说道。

一路反思，一路向前……

穆雷看了一眼自己的笔记本后说道："也许这里所说的反思并不是真的反思，而是'反射'！"

"没错，比如在地下湖泊这样的地方。"加里比教授点了点头说道，"事实上，你们可以看一下对面。"

在地下湖的另一侧又出现了两条密道的入口，两条密道方向相反。第一条密道的颜色整体上是灰色，顶部似乎有些粉尘在往下掉落，而墙壁上还有一圈圈不同颜色的旋涡图案，如同树木的年轮一样；另一条密道则是暗红色的，地上覆盖着一层像是凝结起来的熔岩，仿佛恶魔在吐着火红色的舌头。

灰烬而去，浴火而归……

肖恩突然想到了信息中的最后一句话，"所以说这两条密道一条是出发的，一条是回来的吗？"

"既然我们是准备出发的，那我们就选择灰烬这边。"穆雷说道，"我的意思是说灰色的那条密道。"

"跟我来！"加里比教授似乎对于孩子们的判断十分满意，"我们马上就要抵达我停下的地方了。"

灰色的密道长度大约只有三十米，很快他们便来到了另一条沟壑的前方，这条沟壑同样深不见底，不过好在不是太宽，感觉一步就可以直接跳过去。

"我感觉我们就像在大峡谷的山顶。"穆雷擦了擦额头上的汗水，这里的空气开始变得闷热且有些压抑。

"你什么时候去的大峡谷？"米娜疑惑地问道。

"从来都没有去过，所以我说的是'像是'。"

在相互帮助跨过沟壑之后，加里比教授和孩子们来到了一处坑坑洼洼的小岩石堆前，而岩石堆的后面是新的密道。

只不过这次是三个入口。

"到了，我之前最远也就到过这个地方。"加里比教授摘下眼镜，用衣服袖子擦拭了一下之后重新戴上，"正如你们所见，在每一处分岔路的地方，那位开路者都会留下某种提示。同样，这一次，他用炭笔作了一些记号，只不过，在我看来，这次的提示比之前的要难解多了。"

在每一条密道外面，都画上了一个正方形，而且还在其中画上了横线和竖线，将其分成了九个方格。

"哦，这是什么？"康纳有些吃惊地问道。

"看上去有点像哈斯利的那个魔方。"穆雷说道。

"这些是什么意思？网格吗？"肖恩看着第一个方格问道。

三个人不约而同地都望向米娜，都等待着她说些什么，不过米娜似乎哑了一样，一语不发。

"也许这些黑色的格子对应着某个密码之中的符号或是字母。"穆雷思考着说。

昏暗的环境，闷热的空气，孩子们已经没有了刚进来时的那种新鲜感，取而代之的是越来越明显的压抑。

米娜仔细研究着这些方格，她的脑海中似乎有了些线索，但是还没有能够完全抓住。

首先注意到的是所有的黑色方格都位于中间的那一行，只不过黑色方格所占据的位置各不相同。

在第一个方块中，黑色方格占据了中间一行的全部三格。

在第二个方块中，黑色方格只占据了中间一行的中间一格。

而在第三个方块中，黑色方格占据了中间一行的第一格和第三格。

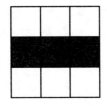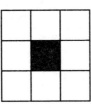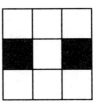

"会不会是用摩斯码留下来的一条信息？"穆雷解开自己的头盔，稍稍喘息了一下。

"我们试一下看看。"加里比教授说道，"如果我们单看黑色方格的话，那么得到的是一条横线，一点和两点。"

"所以，如果用摩斯码来解读的话……"穆雷想了一下说道，"就是T-E-I。"

"T-E-I？"米娜疑惑地重复了一遍，"TEI 是什么意思？"

穆雷皱起了眉头，似乎想要说些什么，随即他转向教授问道："我想不出，你呢，教授？"

加里比教授同样摇了摇头："我也一时没有什么线索。"

"这里一共有三条密道，而方格的数量分别是一个、两个和三个……"康纳在一旁说，"会不会这些方格并不是特定的提示，而只是三条密道的编号呢？"

"我觉得这种可能性不大。"加里比教授冷静地回答，"为什么留下记号的人要费那么大工夫去画如此麻烦的图形做编号呢？"

"而且方格的数字和密道的顺序也不吻合。"穆雷补充道。

"米娜，你有什么想法吗？"肖恩从一开始就一直注意着米娜。

所有人再次把头转向了米娜。

"嗯……"米娜似乎仍然沉浸在自己的思绪中，过了一会儿才注意到别人都看着自己，"啊，没什么，我是说，我还在思考，我总感觉曾经见到过类似的游戏，而且还不止一次，只不过……"

"游戏？"穆雷有些疑惑地问道，"所以你觉得这是一个游戏吗？"

米娜这才注意到自己刚才脱口而出的词："我也不是很清楚，这只是我的直觉。"

穆雷微笑着说："现在我们已经试过了字母和数字，看看你还能有什么新的东西。"

米娜低着头来回走了几步。

正方形……

方格……

白色和黑色……

"我觉得我们一生都要被困在这里了。"肖恩一屁股坐在了地上，打趣道。

米娜看着肖恩，似乎在搜索着那一闪即逝的线索。

"一生……"她嘴里嘀咕着。

白色和黑色。

生命和死亡。

生命。

"我只是在开玩笑而已！"肖恩立刻解释道，"毕竟我们还没有找到答案。"

米娜的嘴角微微上扬，露出了满意的微笑。

"肖恩，你真是一个天才！"

肖恩满脸疑惑地看着她，"什么？真的吗？"

"不，不是真的……"米娜笑着说，"不过这不重要。"

米娜转向所有人，双手背在身后说道："先生们，是时候轮到我向你们介绍一下约翰·霍顿·康威在一九七〇年发明的一个数学解谜游戏了，这个游戏的名字就叫《生命游戏》。"

"我就知道你一定行的！"穆雷满脸崇拜地看着米娜喊道，"所以说这些方格真的就是一个游戏吗？"

"是真的吗？"

"当然是的。"米娜确定地点了点头说，"这些黑色的格子代表着生命中的'细胞'，在特定的规则下，这些细胞可以存活下去，或是死亡。游戏规则是这样的：如果一个细胞的相邻格子中少于两个细胞的话，那么这个细胞就会由于孤独而死亡；如果一个细胞的相邻格子中有两个或者三个细胞的话，那么这个细胞就可以继续存活下去；如果一个细胞的相邻格子中有三个以上细胞的话，那么这个细胞就会因为过于拥挤而死亡；另外，如果某一个空白格子的周围有三个细胞的话，那么这个空白格子中会生出一个新的细胞。理论上来说，这个游戏可以按照这样的规则不停地演绎下去，只不过，通常像这样的游戏都会使用更多的格子，一般最多可以达到十乘以十的网格，这也是为什么在一开始的时候我没有认出它来。这里的三个方格代表着三种最基本的局面：如果只有不到两个细胞的话，那么最终只可能导向死亡……"

"……所以第一个方格之中，"穆雷说道，"有三个黑色格子，意味着能够生出新的细胞。"

"没错，在另外两种局面之下，细胞最终都会因为孤独而死亡。"

"这种游戏很好地模拟了人类社会的生存情况。"加里比教授有些惆怅地说道。

"是的。"米娜说道，"康威先生发明这种游戏正是……"

她的话未说完，就感受到了穆雷用手肘顶了顶自己，她一下子明白了其中的意思。毕竟加里比教授对于自己妻子多年之前的离世依然没有释怀。

"那这样看来，我们应该选择第一条隧道了！"康纳有些兴奋地说道。

于是他们继续前进，又经过了几处各种形状的岩石阵之后，他们似乎来到了整个洞穴的核心地带，四周的空气已经热到令人难以忍受的地步，周围的岩石仿佛都在颤抖着，感觉随时都会有能量喷涌而出。

在绕过了最后的一个石头阵之后，他们终于有了新发现。

一座建筑。

一幢如同塔楼一般的建筑，一直穿过洞穴的顶部，延伸到上方。塔楼的大门是用石头做成的，十分厚重，上面还安装了一个门闩，大门就这样虚掩着。

"这次又是什么？"穆雷向前走了一步问道。

"一幢塔楼。"

"我也看到了一幢塔楼。我的意思是这幢塔楼是谁在这里建造的？"

加里比教授摇了摇头。

"我们要进去吗？"米娜有些犹豫地问道。

这幢位于地底的塔楼与周围的环境搭配起来显得格格不入，令人感到疑惑不解。

肖恩耸了耸肩，"我觉得，既然已经来到了这里……"

孩子们和教授一起小心地继续前进，在跨过了门槛之后，他们再次停了下来，门的后面居然有亮光，显然这不是自然光。

一行人摘下头盔，注意到地上铺着一条长长的地毯。

这里是一条过道。

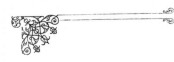

"这到底是什么鬼地方？"肖恩睁大双眼问道。

加里比教授仍然缓步前进，"我也不知道，不过我想我们一定能够找出答案。"

他们沿着地毯继续向前走，很快便来到一个十分宽敞的大厅，虽然这里十分古老，不过看得出装修得十分豪华。巨大的吊灯在闷热的空气中轻微地晃动着，这使家具的影子也在舞动。在大厅中央的石头地板上，刻着相互交错的几个字母：RIGS，组成了一个纹章。

同样的纹章还出现在了每一个房间的门上、地毯上、过道的承重柱子上，甚至是窗户的把手上。

"这里简直就像一座博物馆，或者一座废弃的贵族城堡。"米娜赞叹道。

若不是闷热潮湿的空气中掺杂着强烈的霉味和汗味，孩子们根本就想象不到这是在地下溶洞的尽头。

加里比教授来到了一个像一幢小屋子一样高的柜子前，柜子上分布着大大小小的抽屉，玻璃的表面覆盖着一层薄薄的灰。

"我的天哪！"他仔细端详了一阵这个柜子，"我敢打赌这些东西可值钱了！"

穆雷脱下手套，轻轻地摸了摸一张铺满了展开地图的桌子。这些地图仍然保留着十分柔软的手感，摸起来像是用羊皮纸做成的。他抬起头，注意到墙上还挂着不少类似的图画，全部镶嵌着边框，虽然这些边框现在看上去是古铜色的，不过当初应该都是金光灿灿的。当他意识到图上的内容时，一下子就屏住呼吸。

那应该是拉普达岛。

这里还有一幅中土的地图。

一幅由无数上上下下的楼梯组成的迷宫地图。

一幅失落的大陆——穆世界的地图。

正当教授和孩子们对墙上挂的各种地图目不暇接、啧啧称奇的时候，一个声音令他们吓了一跳：

"终于有来访者啦！怎么样？欢迎来到我家。"

第九章

又一个夜晚

人在长途旅行之后，
总能睡得很香。

拉里·哈斯利坐在一张水晶桌前，恶狠狠地盯着自己手下的一群地区负责人。这次特别会议是他临时提出召开的。

因为计划的进展似乎并没有预想的那么顺利。

一群人围坐在桌子边，有哈斯利的特别参谋沃兰德和他那只忠心耿耿的猫。

而在他的身边是穿着一袭制服，一头短发，脸颊深陷，顶着两个大大的黑眼圈，嘴上叼着一支骨制烟斗，大口吸着烟的军队负责人库茨长官。*

然后分别是衣着高贵，但是长相猥琐，行为做作的"政客"；一头白色长发一直盖到脚踝的女巫，人称"棋士"；还有一位身材佝偻的矮人老者，尖尖的脸令人联想到狐狸，双手瘦得皮包骨，身穿一袭文艺复兴时期的商人长袍，头戴一顶柔软的帽子，腰上系着一个装满物品的袋子，这一切和他"财务官"的名号十分吻合。

最后一位人称"猎人"，他长着棕色的大胡子，怀里抱着一支猎枪，腰上别着一圈子弹。

这家伙带了那么多子弹却从来都不知道用。拉里·哈斯利有些气愤地想。

"尼莫呢？"他问道。

库茨长官摇了摇头说："他不来。"

沃兰德身边的猫嘴里发出咝咝的叫声，而它主人脸上的微笑也渐渐消失。尼莫这个疯子，他竟然放了所有人鸽子！而这群人此前还一直在冰天雪地里等着他。

---

* 注：这里的人物描述与约瑟夫·康拉德在穿越了非洲的刚果河之后写下的作品《黑暗的心》中的库茨很像。

"你说他不来了？这是什么意思？"哈斯利有些气愤地站起来问道，由于动作幅度比较大，他赶紧揉了揉自己的胸口，随后看了一眼坐在他脚边，忠诚的韦斯克斯，"你听见了吗，韦斯克斯？尼莫船长好像觉得他有更重要的事情要做。"

不过很遗憾，那只布娃娃兔子除了倾听之外，似乎也做不了什么。

会议室里一下子安静了下来。

只有几下手指轻轻敲在桌面上的声音。

最后还是拉里·哈斯利打破了僵局，"我把你们所有人召集起来的主要目的是想和你们商量一下关于黑暗岛所发生的事情。"他绕着桌子缓缓走动起来，"事实上，我很想知道为什么会发生这种事情，奥布莱恩！你平时管的事多，我很好奇你是怎么看的。"

"政客"张开双臂，露出一脸惊愕的表情，"嗯，首领，我……我也不知道该怎么说，我想，如果是我的话，一定会……"

"别在这里含糊其词的，奥布莱恩，说点有意义的事情！"哈斯利面带愠色打断道，"为什么反抗军会有他们的广播电台？你不是应该管理所有的虚幻之地吗？是你在管理对吗？还是说我要考虑让你换一个岗位去编草篮？"

奥布莱恩的脸涨得通红，嘴巴一张一闭，但是始终都没有找到一个合适的理由。

"现在我们能够知道的就是这个广播电台的信号来源是基穆尔科夫，先生们。"库茨长官冷静地说道。

"没错，没错！"奥布莱恩如同找到了一根救命稻草一样赶紧附和道，"正如您所知道的，首领，基穆尔科夫是很难找到的。以目前我们的现状来看，说不可能找到都不为过。"

"是这样吗，奥布莱恩？"哈斯利冷冷地笑着问道，"你真的确定我

们没有办法找到基穆尔科夫吗？我想你大概是忘了墨提斯号了吧？"

"墨……墨提斯号？""政客"结巴着说，"可是……墨提斯号早就找不到了，先生。也许已经沉没在了蓝色之海的某个地方……"

拉里转向了自己心爱的那只布兔子。"你听听，你听听，韦斯克斯！我们的奥布莱恩消息有多灵通！也许我们应该感谢他尽心尽力地管理着所有黑暗之港的事务！"说着他走回到了自己的座位上，握紧拳头，"因为墨提斯号已经沉没了，所以基穆尔科夫就找不到了……可惜我就曾经去过基穆尔科夫！我还见到过尤利西斯·摩尔，你猜猜我是怎么过去的？没错！我坐的就是墨提斯号！"

在座的人都疑惑地看着他。

"墨提斯号回来了！你们这帮笨蛋！墨提斯号才是整件事情的关键所在！有人找到了它，乘坐它去了基穆尔科夫！而现在你们所要做的就是找到这个人，把他钉在那艘该死的船的桅杆上，然后让他永远地从虚幻之海消失！明白了吗？"

沃兰德的眼珠骨碌碌地转，看着首领渐渐失去耐心。

"传令所有的人。"哈斯利一屁股坐了下来，"我要每一个人都去寻找墨提斯号，每一个人！反抗军就躲在基穆尔科夫，我们必须找到那里！"

库茨长官的双手往桌子上一拍，青筋暴起，"如果要想彻底平定叛乱的话，我们就需要更多的人手，先生，不是普通的水手，而是士兵，全副武装的士兵，先生。事情发展到现在这一步已经不再是一个简单的游戏了，这是一场战争！"

拉里·哈斯利点了点头说："很好，指挥官先生，我会给你增派人手的，你想要的一切我都会给你。"

"什么时候？"

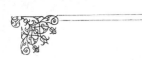

"尽快！"

房间里再次安静了下来，只剩下手指敲击在桌子上的声音。

窗外，一望无际的冰川一直延伸到视野的尽头。

沃兰德伸出一根手指，向哈斯利示意自己有话要说。"您刚才提到了尤利西斯·摩尔。"

首领一下子从椅子上跳了起来，"是的，我说的就是他！扎罗夫，我倒要问问你为什么还没有给我带来他的人头呢？为什么你还没有找到他？难道你不是所有黑暗港中最优秀的猎人吗？"

扎罗夫伯爵气得浑身发抖，狠狠瞪了一眼沃兰德，那个该死的小人，总是喜欢干些打小报告的事情！

"我一定会找到他的，先生！"他咬紧牙关蹦出几个字，"没有一头猎物能够逃得出我的手掌心。"

他的话音未落，沃兰德立刻在边上发出"嗤"的一声："好像还有一个人也……

对了，那人叫什么名字来着？"

"叫什么名字？"哈斯利立刻转过头来问道。

奥布莱恩挠了挠自己的头说道："嗯……是不是叫穆雷，先生？"

"那个叫穆雷的小子由我亲自来处理！"拉里突然提高了声音，抓起地上的韦斯克斯，径直走向门口，"穆雷由我亲自来处理！"他又重复了一遍，"你们负责给我把那艘船找出来，还有尤利西斯·摩尔，还有基穆尔科夫！至于穆雷那小子……我亲自来处理！"

或许是一种错觉，在座的各位负责人似乎从首领的声音里听到了一丝不和谐的杂音。

也许是不安。

也许是害怕。

拉里·哈斯利头也不回地走上楼梯，来到了一处狭窄的过道，墙壁上挂着家人的照片，不过这些照片都被反过来扣着，不会被别人看到。

他有些紧张地从门口经过堆满了文件的书桌，最后来到了窗户边望向外面，希望黑暗的夜空能够让自己冷静下来。

但事与愿违……

拉里叹了口气，转过身来，将兔子放在床上。这是一张双层床铺，拉里·哈斯利习惯睡在下铺。他侧过身来，对兔子说道："你听见了吗，韦斯克斯？这次他们要求增派人手，还得是全副武装的士兵。"

他心事重重地扫了一眼房间四周的墙壁，成百件物品按照不同的需求摆放在不同的架子上，有几个架子上放置着能做出各种武打动作的玩偶，还有几个架子上放着一些盛满塑料玩具兵的盒子，另外几个架子上依照阅读顺序排列着不少书本。自从那些反抗军打扰了他平静的生活后，他就深深地被失眠所困扰着。

"全副武装的士兵……"他的嘴里不停地嘀咕着。

他将手伸到了盛满塑料玩具兵的盒子里，这些玩具士兵有点扎手，不过并不是很痛。

拉里取出了一个手持一把霰弹枪的灰色士兵，将它拿在手上翻来覆去地仔细检查着，像是为了验证上面的油漆有没有干透一样。

"这可真是一个完美的士兵啊！你不这样觉得吗，韦斯克斯？"

说完他微微一笑，将手中的塑料小人放回了盒子里。

然后他来到了浴室，对着水池大声地发号施令。整个过程大约持续了五分钟。

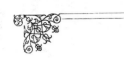

　　在完成了所有的事情之后，拉里回到了床边，将兔子调整好位置，放在了枕头边。

　　"总算可以睡觉了，韦斯克斯，希望能做个美梦！如果我们想要回家的话，就必须尽快找到这个叫穆雷的人！"

第十章

地底学会

无论你有多重要的事情,
遇到地震的话要先学会保护自己。

❝ 我是弗朗西斯·高尔顿爵士，你们可以直接叫我高尔顿，我的职业是探险家、科学家、气象学家（我想他说的是这个词），而且你们还会发现我是一个稀奇古怪物品的收藏家。"

他长得不高不矮，不胖不瘦，有着长长的一串头衔，弗朗西斯·高尔顿爵士步伐轻盈地走到了加里比教授和孩子们的身边，仿佛又发现了什么宝藏一样。

穆雷、米娜、康纳和肖恩看上去有些手足无措，只是简单地点头致意。在这座位于地下上百米的建筑中，大厅的装修十分高雅尊贵，四周都是各种珍贵的艺术品，地上还铺着来自东方的地毯，而眼前这位穿着睡衣的人，像是早就在等着他们来一起喝茶一样，毫不见外。

这种情况的确是此前从来都没有发生过的。

"我是托尼·加里比。"教授率先做出了回应，"晚上好，哦，不，也许是早上好，这都不重要，我们很高兴能够来到……嗯……这是哪里来着？您的地下博物馆？"

"你说得不完全正确。"弗朗西斯·高尔顿热情地笑着说，"你们所在的这个地方是虚幻皇家地理学会，欢迎你们！"

"这里就是 RIGS？"穆雷一下子就想起了此前在各个地方都见到过的字母缩写。

"你说得没错，不过对我来说我还是喜欢念完整的名称，听起来更好一些，你觉得呢？"

康纳四下里看了一圈，注意到了一艘奥赛伯格船的模型，而这也是世界上所有维京船的雏形。"太厉害了！"他不禁赞叹道。

弗朗西斯·高尔顿爵士顺着他的视线望了过去，同时整理了一下自己的外套。他身穿一件深蓝色的丝绒夹棉西服，领子的外沿用银线勾勒着，同时翻起的袖口处露出了红色的衬布。"看来我们的来访者中有一

位未来的船长呢！"他说道，"难怪对于船只如此了解。"

"他就是我们船长，先生！"肖恩立刻补充说，"康纳是最棒的！"

康纳脸上一红，转过头去，假装去关注另一侧的一套透明玻璃茶具。

"这套茶具真漂亮，是哪个时代的物品？"

"这个我想应该是去年的东西。"高尔顿爵士走到了茶具的边上，拿起一个茶杯说道，"在你们来访之前，我正准备泡一壶茶，现在正好可以请你们与我一同分享，请随我一起去会客室吧，我们可以坐在沙发上慢慢聊。"

加里比教授和孩子们一路穿过了一个足有火车站那么大的藏书室，一间收藏了各个时代探险工具的房间，一间放置着古代武器的展厅，一间钟表收藏屋，还有一间放置着几台古老印刷机的打印间，随后来到了被高尔顿爵士称为虚幻之地建造室的地方：这是一片几乎看不到边际的空间，里面能够看到各种正在建造中的工程和建筑，绝大部分尚未成型。

"是谁在造这些房子呢？"穆雷问道。

"那些想象它们的人。"高尔顿爵士回答。

接着，一行人继续向前，又穿过了好几个房间，里面放置着一堆一堆的书籍、旅行日记、报刊以及记录各个民族不同生活习惯的文件。尽管这里许多的物品上都积满了灰尘，但是却难掩整个场所如同一座无尽的宝库一样的气质。

加里比教授一路上如同获得了糖果的孩子一样，在每一个房间都会驻足观看。他时而会研究物品上的标签，时而口中念念有词，时而又会摇摇头，露出难以置信的表情，当看到特别感兴趣的东西时，就会伸手轻轻拂去上面的灰尘，甚至会凑近去闻一闻上面的气味。穆雷、肖恩、康纳和米娜被加里比教授所展现出来的博学多才以及对于新鲜事物的兴趣所深深打动。教授在这里如同找到了久违的好友一样兴奋。

"可惜这些房间里的东西看上去有些脏，"米娜说道，"如果在地面的话，我想它一定会成为世界上又一个奇迹的。"

在一路的迷宫中，孩子们感受到的都是难以忍受的闷热，而此时在虚幻皇家地理学会之中，他们则感受到了阵阵凉风。"我们这里有一套完整的通风系统，能够将地面上的新鲜空气引入这里，让这里保持适宜的温度，从而能够更好地保存这些物品。"高尔顿爵士一边解释，一边又穿过了几个房间，最后来到了会客室。

在这里，孩子们甚至都无法判断房间的大小，因为里面堆满了各种各样奇奇怪怪的东西，包括一些闻所未闻的机械装置、一顶安装着风扇的帽子、几台不同结构的发动机……

"抱歉这个房间有点乱……"高尔顿爵士说道，"由于工作的关系，我不得不把需要的东西都搬到这里来。"

"请问这些是什么？"肖恩指着自己右手边的一堆东西问道。

"这是一台活力复苏机。"高尔顿爵士说道，"因为有时候我的脑袋会突然进水，有了这台机器，就能帮助我在长时间的研究和学习之后让头脑恢复清醒……*"

"那这边的发动机又是做什么用的呢？"康纳问道。

"哦，这些是用来做实验的。在此之前，我曾经申请过一项超轻水上飞机的专利，那可以算得上是我最棒的杰作了。要不是学会的一个成员不久之前借走了它，我应该可以带你们去兜一圈的，当然，我说的是在地面上。"

---

* 注：弗朗西斯·高尔顿是查尔斯·达尔文的表弟，在历史上，他曾经有过许多稀奇古怪的发明。他有很多头衔，比如探险家、人类学家、地理学家、气象学家、心理学家，他还被推选为伦敦的英国皇家地理学会的会员，当然，他本人还是一位大发明家。

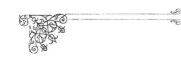

穆雷走到了书桌边，望着上面堆积如山的书本和文件。

"《虚幻旅行者指南》……"他摸着一本封面已经有些磨损痕迹的书籍念道。

"你需要吗？"高尔顿爵士问道，"需要的话我可以把这本书给你的，小伙子。既然你们能够来到这个地方，说明了你们本身就是探险家。"

穆雷随手翻了几页，发现书中除了研究一些植物学、地理学和气象学之外，还介绍了一部分虚幻之地。他微微一笑。

"是的，太谢谢你了，如果可以把这本书给我的话真是太好了。"说着，他小心翼翼地将书本放进了背包的一个袋子里。

会客室的墙壁上挂着各种手绘的图纸，几乎要将所有的墙壁都占满了。

孩子们看着纸上写的注释：

第980号实验：工人的平均寿命（按照不同职业分类）；

第76号实验：绞刑时所必需的最短绳子长度；

第2731号实验（未完成）：数字化分析——遗传的程度；

还有各种不同的数字，到处都是。

米娜看得目不暇接。

正在这时，房间的天花板突然开始震动起来，并伴随着一阵低沉的响声。

孩子们本能地聚集到一起，面露惊恐。

"是地震。"高尔顿爵士淡定地解释说，"通常在地底感觉到的震动要比地面明显许多，不过你们大可以放心，这里不会倒塌，至少现在不会。"

孩子们和加里比教授这才放下心来，坐到了沙发上。

"沙发很舒服，不是吗？"高尔顿爵士看着众人的表情，笑着问道。

"的确！"加里比教授回答说。

"这其实也是一个我试做的样品。"高尔顿爵士在茶壶里倒上热水，然后将一个盛着茶叶和薄荷叶的滤网放置进去，"坐垫底下的弹簧能够根据沙发上坐着的人的臀部形状而分配最合理的弹力。我刚才告诉过你们我在业余时间里最喜欢的就是人体工程学吗？事实上，我对于基因和进化也十分感兴趣，但是相较之下这些知识就比较枯燥了。"

穆雷接过了第一杯茶，淡淡的薄荷香味令他感到神清气爽。

"请问……我可以请教一下您在这里具体都做些什么事情吗？"穆雷问道。

高尔顿爵士在为众人倒上了茶之后，坐回到了一张只有三只脚的座椅上。

"虚幻皇家地理学会主要负责收集、编排和出版有意思的新发现和新事件，"他熟练地解释道，看得出他对于这些话早已经滚瓜烂熟，"在这里，你们能够找到所有虚幻之地的名胜古迹以及那些正在形成中的虚幻之地，"爵士眨了眨眼睛，继续说道，"这里有一些专门的房间，是为这些虚幻之地预留的。我想你们刚才应该已经注意到了，我们有一部分房间是专门用来放置藏品的，包括兵器、模型和其他一些东西。对于我们来说，现实世界和虚幻世界是同样重要的，因为所有的想象力都建立在现实的基础之上。例如，我可以想象出一块能够将我带回到过去的手表，但是这种想象出来的功能一定是建立在手表这一现实物品之上的，也就是说，这块手表也会以指针、齿轮和其他零部件作为基础，不然的话，这种想象力就会成为无源之水而显得十分荒谬。"

"但是我们也可以想象出一些从来都没有过的物品哪！"肖恩提出了自己的看法。

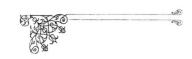

"当然。"高尔顿爵士转过头来说，"不过一条魔法飞毯远比一个凭空想出来的飞行器会让人感到更神奇，不是吗？"

"现实与想象之间毫无疑问是密切关联的。"加里比教授看了一眼穆雷后说道，"我们的大脑为我们的想象力提供了基础，我们晚上做的梦都是建立在我们自身的经历之上的，因为两者之间都是通过我们自身而连接起来。"

弗朗西斯·高尔顿爵士的脸上露出了满意的笑容，"是这样的，教授先生，也正是因为有虚幻世界的存在，才需要我们虚幻皇家地理学会将他们整理归纳。这就是我们的工作，我们是虚幻世界的科学工作者，我们会不停地去寻找虚幻世界的新事物，并发展那些智者以及探险家成为我们的会员！"

"请问一下……你们和现实中的皇家地理学会有什么关系吗？"加里比教授问道。

高尔顿爵士的表情开始变得严肃起来，"要真的说起来的话，你可以认为他们是我们学会的一个分支——他们主要负责管理现实世界的那部分事务，他们关注的是现实世界中探险家们的新发现，这样解释你们明白吗？毕竟，他们关心的只是眼前能够看到的那些东西，而不会去寻找事物背后隐藏着的另一面，为此，他们还曾经闹过不少乌龙事件，比如珀西·福西特的事情……"

"我知道他是一位很了不起的探险家，"加里比教授补充说，"他在寻找 Z 之城的时候失踪在了亚马孙丛林之中，而最后有人说那座所谓的石头之城只不过是一些悬空搭建的小木屋罢了。"

"教授先生，请允许我纠正一下您的说法。因为'失踪'这个词并不准确，福西特先生很快就成为我们虚幻皇家地理学会的成员，而现实世界中的皇家地理学会则始终不愿意承认这个错误，还编造了关于他失

踪的整个谎言。"

孩子们听得兴致勃勃，相互对视了一眼。

"当然，我不是说我们学会就一直都是正确的。"高尔顿爵士喝了一口茶之后继续说道，"因为在过去的时候我们学会之中的部分成员也拒绝承认一部分巨人、怪物和一些少数民族的存在，例如'虚幻世界之中的现实居民'，当然，这些都是纯粹的偶然事件，毕竟虚幻世界之中的人类学是近些年才开始兴起的。"

"那学会的其他成员在哪里呢？"穆雷问道。

加里比教授瞪了一眼穆雷，示意他不要多问，仿佛自己已经能够猜到问题的答案了。因为如果说这座收集所有虚幻之地新发现的学会不得不将它的建筑设立在地底下……

这也就意味着有些事情并没有朝正确的方向发展。

也就是说，这座虚幻皇家地理学会在地面之上遭到了他人的阻击，而不得不选择在地底来隐藏自己。

果然，弗朗西斯·高尔顿爵士的表情显得有些痛苦，刚才那种淡定的侃侃而谈戛然而止，就像一辆在高速路上行驶的汽车突然没油了一样。直到几分钟之后，他似乎才缓过劲来。

"我们曾经一度是一切的中心。"他双眼望着空中说道，"在这个学会里大家一起研究小溪、河流和大海，一起谈论各种话题并进行科学研究，我们尝试过绘制一份整个虚幻世界的大地图，虽然后来并没有成功，但我仍然觉得这是一次十分有意义的尝试，当时我们致力于收集所有虚幻旅行者的日记和笔记，并得到了所有学者的支持。"

穆雷和加里比教授对视了一眼，他们同时想到了同一个人：尤利西斯·摩尔，不过两个人并没有开口打断高尔顿爵士的话。

"这个学会曾经一度是如同灯塔一般的存在，但是随着时间的推移

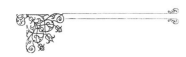
开始慢慢变得没落了，直到今天只能够在这地底中寻得一片栖身之地，还得时不时担心地震的影响。"

"为什么会这样呢？"穆雷问道。

高尔顿爵士有些无奈地摇了摇头，"恐怕没人能解释得清楚，不过，就我个人而言，我觉得自从学会开始接纳女性会员之后，她们就没有帮上过什么忙，唉，这些女人……"

米娜挑了挑眉毛，"是吗？如果要我说的话……"

"哦，请等等，小姑娘，请等等。"高尔顿爵士笑着打断了米娜，"现在只剩下我一个人来打理整个学会的事务也有不少好处，比如，我可以弥补许多别人在之前工作中所犯下的错误。"

米娜摇着头，感到既吃惊，又委屈。

"在我所认识的年轻人之中，米娜比大部分人都优秀，先生。"穆雷十分礼貌地说道，"我相信如果是她的话，一定会比许多男性探险家做得更好！"

"我觉得你说的这点毫无疑问，孩子。"高尔顿爵士似乎并不想在这件事上有过多争论。

"事实上，我们来到这里只有一个原因。"对于穆雷刚才的一番话，米娜感到十分高兴，不过有些事情她仍然希望自己亲自提问，"我们正在寻找尤利西斯·摩尔先生，您认识这个人吗？"

高尔顿爵士的表情一下子变得不一样了，"你是说尤利西斯·摩尔？当然认识！他此前曾经长期担任学会的委员，同时也是资助人之一。不仅如此，他在多次旅行之后留下的记录和发现也为学会的收藏室增加了许多宝贵的财富。你们怎么没有早点说是来找他的呢？"

"是呀，为什么没有早点说呢？"肖恩自言自语道。也许这个地方以及弗朗西斯·高尔顿爵士本人完全吸引了大家的注意力，以至于根本

就没有人想起此行的真正目的。

"我觉得直接说我们是为了他才来到这里的话也不是非常准确。"加里比教授更正说，"我们只不过是在找这个人罢了。"

"那他来过这里吗？"穆雷直截了当地问道。

高尔顿爵士走到了他的那堆文件前。"当然，尤利西斯·摩尔一直会来这里，最近的一次应该是……"他开始翻阅一沓纸张，然后从其中抽出来一张，"十七个月十九天零七个小时之前，哇哦，这些数字竟然全部都是素数呢！"

孩子们的心咯噔了一下。

"那他有没有说过会去什么地方？有没有留下些什么东西，比如一些字条什么的？"

"是的，他留下了这个。"高尔顿爵士递了一张纸给穆雷。

大地又开始震动起来，这次似乎更加猛烈，天花板上的灰尘开始不停地往下落。

第十一章

来自幽灵的消息

事情往往都没有表面上看到的那么简单，
有时候一串数字会变成一句话，
有时候一句话会变成一堆石头。

第一个被击中的是加里比教授。

一块碎石从天花板上掉落下来，砸中了他的后背，使他一个趔趄向前倒去。

"教授！"孩子们异口同声地喊道，同时冲上去想把他扶起来。

托尼·加里比教授咳嗽了两声，抓住穆雷和康纳想要起身。正在这时，又是一阵晃动，他又一屁股坐在了地上。

这次孩子们也不能幸免于难。

房间的顶部如同一块晒干的面包，开始碎裂下落，同时地面上也出现了裂纹，跟着震动上下起伏。

而这一切就发生在短短的几秒钟之内。

会客厅、储物室乃至于整座建筑发出了一声沉闷的声响，伴随着一股强烈的热浪喷薄而出，令孩子们、加里比教授和高尔顿爵士摔倒在地。

随即地震停了下来，就和它发生时一样毫无征兆，只留下了一片狼藉。

虚幻皇家地理学会本部虽然整体上恢复了平静，不过仍然能够时不时地听见一些清脆的断裂声。空气中飘浮着大量的灰尘，地上散落着大大小小的碎石块。

地面虽然已经没有了大幅震动，不过仍然能够感觉到轻微的颤抖。

"喀喀……孩子们！"

"米娜！把手给我！"

"喀喀……康纳，我什么都看不见了！"

"教授！教授！是您在下面吗？如果是的话请动一动手！"

"我是肖恩！"

"我在这里，和高尔顿爵士一起，孩子们，你们都好吗？"

"穆雷？穆雷？哦，天哪，穆雷被压在下面了，教授！你们快点过来！"

康纳、米娜、肖恩和两个大人聚拢过来，手忙脚乱地将家具、纸张、碎石和木板搬开。

"我的发明！"高尔顿爵士痛苦地喊道，只见他蹲在地上，不停地捡着散落一地的机器零件，"我的风扇帽！我的研究！我的宝贝！"

"别管这些机器了，高尔顿爵士，先过来帮我们把穆雷救出来吧！"肖恩抓着爵士的手臂晃了晃说。

穆雷此时被压在一块石板的下面，嘴里含糊地念叨着些什么。

"先把石板抬开呀……快点，快点！"康纳喊道，"教授先生，一会儿我数到三的时候，你就把他从下面拉出来，可以吗？一、二……"

刚数到三，几个人便抬起了石板。与此同时，加里比教授迅速抓住穆雷，将他拖了出来，看上去穆雷似乎还有意识。

"穆雷！回答我！穆雷！"加里比教授一边喊着，一边轻拍着他的脸，"能听见我的声音吗，孩子？"

声音？是的，他确实听见了某个声音。

像是某种召唤。

"别放开我，穆雷。"

这是一个来自远方的低沉声音。

"抓住我，穆雷，抓住我。"

穆雷突然睁开了一只眼睛（另一只无法睁开），爆发出了一阵强烈的咳嗽。

"喀……喀……有……喀……有一个……"

"我的天哪，穆雷！你可吓死我们了！"米娜双手捧着穆雷的脸，严肃地看着他。

"别着急！别着急！"加里比教授立刻示意穆雷先别说话，"你能站起来吗，孩子？能走路吗？"

穆雷颤颤巍巍地站起身来，用力摇了摇头，如同一条刚从水里上岸的狗一样狼狈不堪，他的一只手一直捂着裤子一侧的口袋，仿佛那里面有比生命更重要的东西。"是的，我还可以……"穆雷开口说道，"还可以走路。"尽管说这话的时候有气无力，不过好歹他总算是依靠自己的双腿支撑住了身体的重量。

"我们得赶紧离开这个地方！"康纳喊道，"快点，我们先回去吧！"

"糟了，尤利西斯·摩尔的字条呢？"米娜突然想起来，"高尔顿爵士当时刚把它交给穆雷，然后……"

"在的……在的。"穆雷的那只手紧紧地压在口袋上，"我及时把它……放好了，就在这里，我……保管着呢。"

加里比教授走到了神情呆滞的高尔顿爵士身边，他正在默默看着自己的发明残骸。加里比教授伸手在他的肩上拍了拍，扬起一片灰尘，爵士的那件外套早已经破烂不堪了。

"请跟我们一起走吧。"教授低声说道，"您不能继续待在这里了，要是再来一场地震的话……"

"不会的。"高尔顿爵士坚定地说，"不会再发生了，至少在我完成这里的修整工作之前不会再发生了。"

"可是先生，您这样留在这里的话会有生命危险的！"米娜强调说。

高尔顿爵士毅然决然地看了米娜一眼，"对于一个探险家来说，没有一种死法比死在自己的发现上更有尊严的了。"

正当米娜准备开口反驳的时候，加里比教授制止了她，此时此刻已经没有讨论的时间了，也许正如高尔顿爵士所说的那样，一个人有权选择自己的命运。

教授和孩子们怀着尊敬的心情看着弗朗西斯·高尔顿爵士，作为一名天才，同时也是最后一位虚幻皇家地理学会的成员，他确实为学会做到了鞠躬尽瘁。既然事已至此，所有人也不再勉强，只能祈祷爵士先生能够安然无恙，并且希望能够尽快再次见到他摆弄自己的发明。

　　一行人在同高尔顿爵士道别之后便动身离开，准备返回地面，大家都十分安静，一副心事重重的样子。

　　在回去的路上，很快他们便发现了问题——来时的道路已经被碎石阻挡了，因此他们被迫选绕了一条较远的路，而且事情还没有那么简单。当孩子们和教授抵达地面的时候，他们发现出口处并非是他们进入的地方，而是位于基穆尔科夫灯塔的地下。

　　"怎么会这样？"米娜筋疲力尽地感叹道。在一路向上爬行的过程中，她和康纳已经用尽了所有的力气，就在抵达出口的那一刻，两个人仰面躺倒在地，大口地喘着气。

　　"你感觉怎么样，伙计？"肖恩的脸上虽然挂满了汗珠，不过表情还算轻松。

　　穆雷喝了口水，然后从口袋里取出了那张尤利西斯·摩尔留下的字条。"我还好，"他说道，"现在……我们来看看上面写了些什么。"

　　"我劝你们最好还是先上来再说！"一位女性的声音从上方传来。

　　这个声音冷静而又不容反驳，如同女王一般威严。

　　教授和孩子们抬起头来，只见在灯塔顶部的窗口处有一个脑袋伸了出来，一头深色的头发在微风中如同波浪一样飘动着。

　　"怎么了？"那位女性对下面喊道，"你们还在等什么呢？"

　　当他们走近之后，才见到这位女性的头上系着一个柔软的发髻，几束头发沿着脸的两侧垂下来，她有着一双墨绿色的眼睛。

　　"泊涅罗珀告诉我说你们要来。"她狡黠的笑容下似乎藏着许多秘密，"先上来吧，把衣服换一下，然后休息休息，看样子你们应该在下面经历了不少事情吧。"

"我代表所有人感谢你来接我们。"加里比教授一屁股坐在了一张铺着垫子的长凳上。"我的天哪……"他看了一眼四周之后补充道，"这里弄得挺不错啊，小姐……"

"是女士，谢谢。"女人说完之后伸出手来，"我是玛格丽塔。"

在洗了一把脸之后，穆雷终于缓过劲来，他仔细观察了一下房间的四周，所有的墙上都装上了架子，并在架子上放置着各种各样的书籍，包括他们一路盘旋走上来的楼梯边上也是如此。其中绝大部分都是小说，还有一小部分的诗歌。

除了书本之外，另一件物品很快就吸引了所有人的注意力，那是一台电台的放送设备。

"目前来说这里能吃的就只有三明治了。"玛格丽塔有些抱歉地说道，"实在不好意思，因为今天是播报的日子，所以我没有时间准备别的食物。"

穆雷看到在电台设备的边上，有几本书打开并倒扣着，就像人们看书时在没有书签的时候所做的一样。

这时，玛格丽塔已经拿了一小盘三明治上来，孩子们一个个狼吞虎咽，很快便将盘子里的食物一扫而空。

"您是在读书吗，女士？"米娜脱口而出之后，立刻开始后悔自己这个有些鲁莽的问题。

玛格丽塔回过头来，对着她笑了笑，似乎完全没有介意。

"是的，你说得没错。"她回答说，"我主要负责在广播电台里讲故事。"她指了指那台设备，"我希望能够通过这种方式，让位于不同地方的反抗军感到温暖，哪怕我只能够用声音陪伴他们，对吗？"说完，她看了一眼加里比教授。

教授的脸微微一红，女士的脸从侧面看上去美极了。

"最近一次讲的是什么故事？"米娜问道。

"今天的吗？《未知岛传说》，何塞·萨拉马戈写的，我觉得这是当下最合适的一个故事了。"

直到此时，穆雷才突然想起来，"字条！"他喊道，"尤利西斯·摩尔留下的字条！"

米娜、肖恩、康纳和教授同时围了过来，他们的手上还拿着吃到一半的三明治，而玛格丽塔也好奇地将头探过来。

在字条上唯一能够看到的词语是"北方"和"西方"，剩余的部分由三列数字组成：

93	1	8
81	14	1
189	11	4
123	1	2
176	7	7
95	25	5
13	12	8
275	5	6
103	16	4
28	7	8
265	6	10
19	6	4
265	6	10
61	21	2
79	12	1
214	13	10

10	11	9
238	11	7
87	5	4
284	7	9
53	6	7
127	20	6

也就是说，和前几次一样，尤利西斯·摩尔的信息是由词语和数字组成的，解开谜题的钥匙就隐藏在某个地方，如同一个幽灵在和所有人开着玩笑。

"我这边一点头绪都没有。"肖恩立刻说道，"今天实在是太累了。"

"说实话，即便是你刚起床的时候，也不会比现在好多少。"米娜在一旁开玩笑说。

肖恩也不生气，只是笑了笑说："不过对你来说就不一样了。"

米娜拿过字条，凑到了眼前，仿佛这样就能够看透其中的秘密一样，随后她又将字条放到离自己远一些的地方，双手交叉在胸前，低着头思考着。同伴们都对她投来了信任的目光。

每当遇到谜题，米娜在脑海里就会把自己想象成为坐在剧院第一排的观众，而那道谜题就放置在舞台的中央，她会熄灭所有的辅助灯光以排除干扰，仅留下一盏聚光灯照射在谜题之上。对于这张字条而言，就是那三列数字。

米娜先尝试着将每一行三个数字作为一组来寻找它们之间的关联，随后又试着寻找每一列数字彼此之间的关联。

不一会儿，她便发现了这些数字在纵向之间存在着某种规则。

"如果单从数字上来看的话，"米娜说道，"这里一共有三列数字，而且每一列数字之中都有一个最大值，你们看……"她指着最左侧的那

一列说，"这一列数字之中最大的是 284，而中间那一列中最大数字是 25，最右一列的最大数字是 10，你们说这是为什么呢？"

穆雷想了想之后回答说："是不是某个东西的数值？"

米娜不置可否，而是换了一个问题道："有什么东西是可以用三个数字来描述的呢？而且每一个数字都有最大值？三个数字，不多不少……"

她眨了眨眼睛，环视了一下四周。

小伙伴们都显得有些焦急，而加里比教授则认真地在思考这个问题，同时玛格丽塔也是一脸好奇的表情。

桌子上放着一些吃到一半的三明治、一部广播设备，四周都是书本。

那些书本……

"三个数字吗？"康纳尝试着说，"会不会是某种坐标？"

穆雷摇了摇头，"什么东西的坐标？这也太宽泛了。"

"有一定的道理。"米娜点了点头，胸有成竹地笑着说，"不过还不能说完全正确。相对来说，我觉得我们的加里比教授倒是会经常用到这种三个一组的数字，您觉得呢，教授先生？"

所有人都将视线转向了加里比教授，他咳嗽了两声，说："嗯？你是说……我会用到吗？不过我好像不经常用这种密码的方式来表达某件事情啊！让我想想，如果说能够让我这种喜欢一个人泡在图书馆里的人用到的话……"教授似乎遇到了困难。他真的会用到这种三个一组的数字吗？自己怎么都不知道呢？对于他来说，生活中接触到最多的数字绝对不是数学问题中的，而是……

教授的眼睛一下子瞪得大如铜铃，"难道说，是……"

米娜微笑着说："这下知道了吧？"

"不会吧？"

"应该就是这样的。"

"你们有人能够解释一下到底是怎么回事吗？"穆雷在一旁焦急地问道。

加里比教授轻轻地摇了摇头，承认自己拗不过米娜，"如果我没猜错的话，米娜的意思是说这每一组三个数字确实是坐标，不过对象是一本书——第一个数字应该是页码，第二个数字是行数，第三个数字是单词的位置。我的天哪！得亏我看了那么多书，怎么没有立刻想到这一点呢？"

"其实说实话，"米娜耸了耸肩道，"我也是碰巧才想到这一点的。"

"好吧，好吧！"穆雷有些窘迫地说，"你是碰巧想到答案了，但是我现在碰巧得要去一趟厕所。"

孩子们一片哄笑，就连玛格丽塔也忍俊不禁。

"不过单猜到这些数字的含义并没有完全解决问题，因为要想解开整个谜题的话，我们还需要明白尤利西斯·摩尔用的到底是哪本书。"米娜补充道，"而对于这一点，伙伴们，我也不知道。"

"我想我应该知道。"这时，玛格丽塔突然出人意料地打断道，所有人的视线都转向了她，"我的意思是说，你们确定这张字条是尤利西斯·摩尔留下的吗？"

"当然。"

"如果是这样的话，那应该没有什么问题了，因为尤利西斯·摩尔要是想在全世界所有的书籍中选择一本的话，那么就只可能是这一本。"

孩子们面面相觑。

"还没有明白吗？"玛格丽塔带着标志性狡黠的笑容看着众人，"因为就只有这本是最适合他的。"

穆雷、米娜、康纳和肖恩将信将疑地点了点头。

没过多久，当加里比教授一行人来到阿尔戈山庄中尤利西斯·摩尔的藏书室时，很快便发现了那本放在书架上的书——早已绝版的《奥德赛》第一版英译本。第 93 页，第一行，第八个单词：

六。

"你们确定吗？"穆雷一看居然又是一个数字，疑惑地问道。

"先看看后面还有些什么。"众人回答说。

于是，在玛格丽塔的帮助之下，字条上的信息被解读出来：

六和四，三和七，

一和四，一和六，

如果你已经看懂了的话，

请把一切都烧掉。

"六和四，三和七……"

"一和四……"

孩子们立刻将这些数字写了出来，得到了 64 和 37，14 和 16，加上"北"和"西"两个词的话，也就是说第一个数字应该是北纬的坐标，第二个数字对应的是西经的坐标，接着孩子们立刻查看了世界地图。

北纬 64.37 度，西经 14.16 度，在北半球。

好像是一座岛屿的南侧海岸。*

———————————

* 注：当我在翻译尤利西斯·摩尔的手稿时，只是简单地将这条信息原封不动地直接传达给了你们，并且将这段话记在了自己的笔记本上。但是每当我试着去寻找上面所描述的这个地方时，结果都是无功而返，也许聪明的读者能够比我先一步找到这个地方。

"天哪！"当康纳发现这个坐标对应的位置在冰岛的时候，他不禁大呼起来，"这个地方不就是拉里·哈斯利失踪的位置吗？我们还曾经打过电话！"

其他人感到十分诧异。

"所以呢？"当所有人都看着字条上的数字时，有人问道。

也就是说拉里·哈斯利在冰岛一个小镇上的失踪事件，和拉里·哈斯利出现在虚幻之地，并成为虚幻印地会的首领之间存在着某种联系。

而且尤利西斯·摩尔秘密地去拜访了那个地方，还为自己留下了后路以防不测。

就目前来看，事情恐怕没有他想象的那么顺利，因为他莫名其妙地失踪了。

加里比教授和孩子们飞奔着想去告诉泊涅罗珀关于字条上的消息以及他们准备立刻动身的想法。他们很清楚，伴随着朗·约翰·希尔弗招来的各路同盟军抵达，基穆尔科夫不可能一直隐蔽行踪而不被发现，如果一旦有什么事情发生，这里最需要的还是它最重要的居民。

一行人下楼的时候，米娜问道："你们觉得我们在那里……也能找到瑞克吗？"

"谁知道呢？"穆雷回答说，"目前我们还不清楚那是个怎样的地方！"

那里是拉里·哈斯利的城堡，还是虚幻印地会的总部？

孩子们思绪万千，却没有任何头绪。

最后他们在底楼的过道里见到了摩尔女士。

在简短说明情况之后，摩尔女士很快便点头同意了，仿佛她早已经做好了心理准备，而且也已习惯了这种突如其来的道别。泊涅罗珀只是淡淡地问了一句："你们打算什么时候动身？"

米娜想到了下周一的竞赛，不过即便现在赶回去可能也来不及了。

而穆雷则想着是否可以再试一下阿尔戈山庄的时光之门，以此来缩短旅途的时间。

肖恩看了两个人一眼，"我们马上就出发。"他回答说，随即又补充了一句，"至少我是这样想的。"

是的，事情紧急，尽管他们才抵达小镇没多久，但是也必须马上出发了。

"你们需要带些什么呢？"泊涅罗珀问道。

孩子们并不知道要带些什么，他们甚至从来都没有在虚幻旅行之前考虑过装备的问题。不过，即便如此，他们也不想去打扰正在港口忙碌的迪斯科先生、埃齐奥或是朗·约翰·希尔弗。

这时，穆雷想起自己从弗朗西斯·高尔顿爵士那里拿到的《虚幻旅行者指南》一书，于是他们按照书上的建议，将这些东西带上了船：茶叶、奶粉、方便速溶浓汤、番茄味沙丁鱼罐头、柠檬味泡腾片、杏仁饼干、一台六分仪、一支猎枪、一些攀爬用的绳索、一把弯刀、几张吊床、蚊帐、几个用来存放植物样品的木桶、鱼竿、筛子、串珠、一面用来应对幽灵的镜子、绑带和纱布、蚊叮虫咬的药水、用来消毒用的高锰酸钾以及一把手术刀。

在完成了这一切之后，众人准备出发了。

"你们至少得等到明天吧……"朗·约翰·希尔弗建议说。

"天色已经不早了。"埃齐奥看着大海说道。

但是康纳并不打算再拖延下去。

他不希望别人问他具体的航线以及真正的目的地。

字条上的信息说得很清楚，他们需要在掌握了具体的坐标之后立刻销毁一切。

"我们还是决定立刻出发。"康纳拍了拍墨提斯号说，"它应该会知道把我们带去哪里。"

水手们有些惊讶地看着这些孩子。

猎犬朝着地上吐了口痰。

三个男孩、一个女孩和一个老教授竟然想要在夜色降临时分出航！

朗·约翰·希尔弗拍了拍康纳的肩膀，说："要知道在水手之间有一个不成文的规矩，就是出航之前不会祝福对方。"

"请务必保证摩尔夫人的安全。"康纳嘱托道。

"保持联系。"

说完之后，大家登上了船。

"我们会尽量赶在你们晚饭准备好之前回来的！"穆雷开玩笑说。

埃齐奥微微一笑。

"快点，我们走了！"加里比教授说，"可怜我的老腰，这才刚刚经历过地震，现在又要出海，为什么没人告诉过我在虚幻的世界中旅行也那么辛苦呢？"

写着"勇气"两个字的船帆张开了。

按照孩子们的设想，如果字条上的坐标真的是拉里·哈斯利的藏身之处，而那里也确实是他的秘密城堡的话，那么这场旅途将会十分漫长。

第十二章

克罗姆

如果想要知道事情的进展程度，
可以考虑回家看看。

ULYSSES MOORE

拉里·哈斯利突然睁开双眼。

他侧身躺在床上，满头大汗，韦斯克斯则在他的颈后，拉里梦见自己掉入了一个陷阱之中。

自己睡了多久？杰奇尔夫人和那个囚犯到了吗？

是的，当然，难道自己不才是决定什么事情该在什么时候发生的那个人吗？

难道自己不才是规则的制定者吗？

在思绪平复下来之后，拉里·哈斯利抓起韦斯克斯，拖着脚步走出了房间。他穿过了一间贴着柠檬黄色壁纸、挂着多面镜子的房间，走过一条两侧都是不同房间的狭长过道，下了楼梯，接着又经过了一条摆放着各种雕塑和家具的通道，最后来到了客厅。

这里四周的墙上挂满了各种动物的画像，栩栩如生，哈斯利突然停下了脚步。

杰奇尔夫人和那个囚犯正在等着他。

很好，看来一切都很顺利。

"我把他带来了，先生。"杰奇尔夫人说道。

而那个囚犯一动不动。

拉里·哈斯利走了过去，假装不在意他，只是随意地看了一眼。

那个囚犯有着一头红色的头发，被海风吹得乱蓬蓬的，脸颊上长满了雀斑。透过一双大眼睛，看得出他是一个阅历颇为丰富的人。

他就是来自基穆尔科夫的瑞克·班纳。

"很好，很好，我们终于又见面了。"拉里·哈斯利将兔子放到了身后，"在我的印象中你好像应该更高一些才对。"

这当然不是真的。

"你可以先走了。"他转头对着杰奇尔夫人命令道。

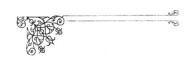

杰奇尔夫人愣了一下，几乎难以察觉，不过随即她还是转过身去，甩了甩自己的长袍，离开了房间。

哈斯利坐到了沙发上，伸手抚摸着布偶兔子的耳朵。他面前是一张洛可可式的茶几，上面摆放着茶、咖啡、果汁、蛋糕、一盘切好的香蕉以及四片面包。

囚犯仔细地看着桌子上的早餐，仿佛这里的早餐会直接决定他的命运。

"你知道自己为什么会在这里吗？"拉里·哈斯利问道。

瑞克·班纳一动也不动，仿佛根本就没有听见这个问题。

哈斯利拿起了一个空盘子，将每种食物都往里放了一点，但是却一口也没有吃。

瑞克的胃立刻有了反应，他吞咽了一口唾沫，竭力克制住自己的食欲，尽管他已经饿得有些头晕眼花了。

"你知道自己在哪里吗，瑞克·班纳？"拉里·哈斯利给自己倒了一杯茶。

他抬起头，望着面前的这个人。瑞克这才注意到拉里的双眼十分清澈，如同两把冰刀直刺自己的双眼。

瑞克·班纳不愿意开口。既然是这样那就由自己来说好了，因为他要说的是一件非常重要的事情，所以这件事情瑞克·班纳一定得听。

"我的名字叫拉里·哈斯利。"虚幻印地会的首领开口说道，"十一年前出生在冰岛，你去过冰岛吗，瑞克·班纳？"

瑞克嘴里嘀咕了一句："十一岁。"

就是这个男孩控制了虚幻之地之间的航线？就是他将整个虚幻之地弄得乌烟瘴气？

十一岁？

"既然你不回答，那我就当你没有去过那里，不过不用担心，对你来说没有去过冰岛并不是什么损失，因为即便是我，也打算要尽早离开那里的，当我意识到所谓的虚幻之地也并非如此虚幻而遥不可及的……

"对了，你也是一位船长，对吗，瑞克·班纳？"

拉里·哈斯利伸了个懒腰，露出了睡衣袖子里两条细小的手臂。

"我花了不少时间才找到了通向虚幻之地的钥匙……"拉里继续说道，"真的花了不少时间，相信我。直到有一天，一艘船出现在了我卧室的窗外，一艘真正的大船，一艘看上去经历了诸多沧桑的大船，对了，你知道这艘船叫什么名字吗？"

瑞克仍然一言不发。

"它就叫墨提斯号，没错，是墨提斯号先来找我的，是船帆破烂不堪的墨提斯号先来找我的！你知道它说了什么吗，瑞克·班纳？知道墨提斯号在星空下，在我卧室的窗外对我说了什么吗？"

瑞克似乎有了些反应，这是他到达克罗姆之后第一次对一个问题做出回应，他摇了摇头，他当然不知道问题的答案。

哈斯利闭上了双眼，微微张开薄薄的嘴唇。

"跟我来吧，拉里·哈斯利……"拉里的声音如同一阵微风一样，"跟我来吧……"

瑞克·班纳咽了口唾沫，他意识到，眼前的这个男孩令自己毛骨悚然，仿佛他的身体里面完全是空虚的，而这种空虚仍然在不停地从他的体内向外溢出，影响着每一个靠近他的人。

"你知道我是怎么做的吗，瑞克·班纳？"

拉里·哈斯利重新睁开双眼，眼神里透出令人冷彻心扉的感觉。

"你不想猜猜看吗，我是怎么做的？"

他轻轻摇了摇头。

"我登上了船,瑞克·班纳!我登上了船,那艘墨提斯号!它带着我出了海……"哈斯利看着那只布兔子的腹部,像是在寻找着什么,"它带着我抵达了基穆尔科夫!"

第十三章

暴风雨

英雄即便是在危难时刻，
也总是能够得到贵人的相助。

又是这种感觉。

这种身处在一个漆黑洞穴之中的感觉，这种仿佛四周到处都是潜伏着的鳄鱼，随时都准备捕猎的感觉。

康纳看着指针逐渐下降的气压计，心情十分压抑。他始终觉得墨提斯号正在被人跟踪，但是却见不到任何印地会船只的影子。

至少他没有看见。

康纳站在驾驶舱前的栏杆边，看着黄昏的天空中已经露出身影的繁星。他们是幸运的，因为在墨提斯号的帮助之下，他们能在第一时间立刻出发去寻找尤利西斯·摩尔的下落。

不过墨提斯号选择的航线似乎有些奇怪，按照地图的显示，他们应该先往西行驶，然后再转向北方。

然而实际却并非如此，他们正在驶向南方，驶向热带。

这实在是太奇怪了。

孩子们已经在蓝色之海上航行过多次，但这种情况还是第一次遇见。

康纳此前已经修正过至少五次航线了，不过每一次都遭到了墨提斯号的拒绝，它仿佛是一匹桀骜不驯的野马，固执地在按照自己的想法前进。

"由它去吧……"穆雷如是说。

康纳眼见没有更好的方法，只能松开方向舵。

甲板上，米娜、加里比教授和肖恩一直在研究《虚幻旅行者指南》一书，而穆雷则站在船头注视着前方。

"你也注意到了吗？"康纳来到了穆雷的身边，面色凝重，双手插在口袋里。

穆雷点了点头，是的，他也注意到了，船正向着西南方向前进。

在他们的前方，一团深灰色的云团低低地笼罩在海面上，如同某位

神灵那令人无所遁形的大手一般，又像一团火山云一样。墨提斯号慢慢地靠近云团，海浪开始变得越发暴躁，同时海风开始变得猛烈起来。

不一会儿，整艘船开始上下起伏，如同一只落单的海鸥，独自面对着狂风暴雨。

康纳赶紧拿起手中的气压计。

指针正在加速下落。

"伙伴们，教授！"他跑向驾驶舵，同时喊道，"检查一下所有的东西有没有用绳子固定好！暴风雨马上要来了！"

加里比教授和米娜点了点头，而肖恩则已经跑去检查了。

"暴风雨？"米娜四下里张望了一圈，很快便注意到了船只前进方向的云团，"哦，天哪！"

天空变得愈发昏暗，海风突然停了下来，像是一个人屏住了呼吸。接着，伴随着时间的流逝，天空开始逐渐蒙上一层黑色的薄纱，点点的星星眨着眼睛。

整个世界都像是在等待着某些事情的发生，某些可怕到足以改变一切的事情。

海面渐渐升高，而墨提斯号则像一条咬住鱼钩的鱼一样不停地挣扎。

"不好！"肖恩在船舱里喊道，"这里所有的东西都在摇晃！"

"我快站不住了！"米娜重新回到甲板上说，"康纳！快想想办法！"

而康纳对她只能报以苦笑。

"说实话，我也没什么太好的办法，伙伴们，"他回答说，"那是……"

穆雷一只手搭在了他的肩膀上，说道："那是因为我们面对的是一场暴风雨。"

这一切其实就发生在一瞬间，但是在孩子们看来，就如同一个个动

作在用慢镜头播放一样。

天空中的繁星在眨眼之间便被云层所遮蔽，仅仅在黑色的海面上留下一抹微弱的白色，仿佛全世界所有的灯火同时熄灭。

紧接着，一道白光突然直接从半空中落下，径直落在水面上，如同在黑暗的洞穴中划过一道闪电，将整个洞穴的天花板击裂。

孩子们站在船艏，感到胸口异常沉重，墨提斯号仿佛正在被一只无形的手拖入一口深不见底的水井之中。

如果在几个小时之前，他们在地底的感觉像被大地吞噬的话，那么此时此刻，面对暴风雨，他们感觉到的则是孤独和无助，尽管他们有五个人，尽管他们会齐心协力相互帮助，但是在暴风雨面前，这一切都不值一提。

眼前的狂风巨浪如同一头猛兽一般，随时准备着撕碎所有敢于挡在它面前的物体。孩子们和教授相互依偎在一起，任由大风吹在自己的脸上。

也许他们已经认命了，在这种绝对的力量面前。

"我动不了了！"穆雷喊道，他和其他人一样，站在船艏，感觉船只随时都有可能被掀翻。

所有人都本该躲到船舱里，但是面对着狂风，他们却没有人能够迈出一步，大家只能眼睁睁地看着灾难临近，如同恐怖故事里的主人公，在绝境之中根本就没有退路。

大自然的力量总是那么可怕、狂野，同时诱人。

墨提斯号仍然孤独地在海浪中上下起伏着，一个海浪猛扑过来，直接将船只冲得东倒西歪，海水越过侧面的挡杆，漫到了甲板上，孩子们和教授立刻紧紧地抓住栏杆，尽量让自己不被冲进海里。

米娜被吓得尖叫起来，不过她的声音很快便被海浪声吞噬。

"米娜！你怎么样？"穆雷喊道。

"我还好！大概吧……但是我很害怕！"

加里比教授伸出一只手，想要抓住米娜，但是却被一个海浪直接卷到了栏杆的外侧。

"教授！抓住我的手！"肖恩立刻向教授伸出手，同时用另一只手来保持自己身体的平衡。

完了！他们也许无法熬过这场暴风雨了！

这时从海浪的间隔之中，有什么东西升了起来——体形庞大，浑身黝黑发亮，直接向着墨提斯号游来。

"如果死在一场暴风雨中的话，对于我来说或许是一个不错的结局。"康纳感受到船只正在猛烈地晃动着，"但是拜托，不要让我死在鲸鱼的肚子里呀！"

"不对，这次不是鲸鱼……"穆雷的声音很低，低到其他人几乎无法听清。

当康纳再次看见那玩意儿黝黑发亮的身体时，他明白穆雷说的没错。他想到了依塔卡号，想到他们在去基穆尔科夫的路上时，不得不把自己的家搁浅在漂浮岛的事。

在那一次的航行过程中，他也感觉到了似乎被什么东西跟着。

这一次，他们遇到的并不是鲸鱼，它有着黑色的、闪闪发亮的身体。

"那是什么？"米娜有些难以置信地问道。

穆雷相信自己已经知道了答案，但是他还不能说。

这个巨大的海洋生物伴随着暴风雨中起伏的海浪，时而探出水面，时而沉入水中，不过它似乎丝毫没有受到暴风雨的影响，而是一直向着墨提斯号冲来。与此同时，在它头部的位置，海面上似乎发出了一道奇怪的光芒。

"你们看！那里有光！"肖恩睁大双眼喊道。

而那个动物像是听到了一样，立刻潜入了水里，光芒也随之消失，只留下水面上喷出的两道四十来米长的水柱。

"所有人都抓住转帆索！"康纳下令道，"转动桅杆向着下风口！"说完，他自己用尽最后的力气，跑向方向舵，力求能够帮助墨提斯号抵抗风雨。

穆雷、肖恩、米娜和加里比教授似乎被康纳的举动所感染，鼓起勇气执行着船长的命令。

康纳说得没错，现在还没有到放弃的时候，更不用去胡思乱想。他们唯一要做的事情，就是尽快找到尤利西斯·摩尔！

尽快找到拉里·哈斯利的藏身之地。

为此，他们必须从这里脱身。

那个生物距离墨提斯号只有不到两百米的距离了……只有一百米不到的距离了！天哪，它的速度是海洋生物根本不可能达到的！

"要来了！要撞上来了！"穆雷大喊道。

就当大家以为在劫难逃的时候，那个生物最终只是轻轻地碰了一下船只的侧面，然后便转身走了。康纳很确定自己看到那个家伙的脑门上刻着一个字母"N"。

为什么会是字母"N"？

他一下子明白了一切。

"N"就是尼莫的首字母。

"N"代表了他的……

"鹦鹉螺号！"

"它在干什么？"米娜奇怪地问道，她的头发早已经被海水淋湿了。

"它好像准备离开了……不，不对，又回来了！"

那艘巨大的潜艇重新向着船只冲过来。

所有人都感到十分困惑，尼莫船长的潜艇到底打算做什么？它第一次先是快速地向墨提斯号冲过来，似乎打算置所有人于死地。然而就在它撞上船只侧面的那一刻，却突然掉转船头离开了，而现在它又再次向着他们冲过来。

为什么要这样做？

康纳看了看一侧的暴风雨，又看了看另一侧的潜艇。

时间已经容不得他细想了，他唯一能够做的就是逃跑，越快越好！

"所有人！向右转向！"他冲着伙伴们喊道，"听见了吗？向右转！"

墨提斯号面临着暴风雨和潜艇的夹击。

就在这千钧一发之际。

"你们听见了吗？"

"遵命！"

墨提斯号乘风破浪，试图躲避接下来的第二波攻击。在狂风巨浪之中，船只如同一只软木塞一样摇摇欲坠。

再转！

向前！

再转！

又一个巨浪袭来，这令孩子们无法再看见潜艇前部的大灯。

整艘船被海浪举了起来。

"康纳！"穆雷急着喊道，"我们该怎么办，康纳！"

但是康纳并没有回答，他看见了更令人感到不可思议的东西——一面墙。

一面高耸连天、密不透风的水墙朝着墨提斯号压了过来，水墙的最顶部泛着白色的浪花，如同一个恶魔的尾巴。如此大的巨浪，别说是看了，对于孩子们来说，就是连想都不敢想。

"巨浪！"墨提斯号仍然在不停地上升，康纳好不容易从嘴里蹦出了两个字，"巨……巨……"

话音未落，水墙向着墨提斯号径直砸了过来。

穆雷只觉得头上被什么东西敲了一下，等到他意识到的时候，人已经落入海中，嘴里灌满了海水。

他想要呼叫和求救。

但是却很快沉入了水中，失去了知觉。

第十四章

海难

想要在灾难中生存下来需要两样东西：
优秀的伙伴和丰富的知识。

亮光，黑暗，又是亮光……

背后似乎是什么柔软的东西……

耳朵里仍然充斥着叫喊声和嘈杂声，如同正身处某个狂欢的现场。

狂欢的现场？

穆雷缓缓地睁开双眼，看见的是自己的双腿、膝盖和双手。他咽了口唾沫，感到喉咙中有些干涩。

是沙子。

他缓缓地坐起身来，同时伴随着一阵强烈的咳嗽。

穆雷的裤子早已经破烂不堪，大腿上留下了一道长长的伤口，虽然已经不再流血，但是在海水的浸润之下，感到火辣辣地疼。他的身下是一片细密柔软的沙滩，而在他的四周和头顶则是各种不同大小和形状的树叶。

这是什么地方？

海岸边，还是一座岛屿？

他摇了摇头，发现脑袋里仍然嗡嗡作响。

万幸的是他还活着。

"肖恩！米娜！"他张开嘴喊道，不过说是喊声，其实用嘶哑的喘息来形容更贴切一些。

穆雷清了清嗓子，仔细观察了一下四周的环境——海平面上的天空已经开始有些微微发亮了，也就是说他昏迷了一整晚，而此时已经是清晨了。

在他的前方，整个海湾都覆盖着各种绿色的植物，而且不断有各种奇怪的声音传来。

这些声音到底是什么呢？

他拨开身前的灌木丛，一大群苍鹭腾空而起，扑腾着翅膀，在他的

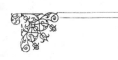

头上盘旋。

是它们在狂欢吗？

海岸上可以看见到处散落着的残骸，还有破箱子、碎木板、绳子和木桶……

终于，穆雷见到了在不远处搁浅了的墨提斯号。他的心头一紧，因为这艘船看起来已经残破不堪。船体侧倾着，卡在几块礁石之间，船底有一半在水里，一半被架空着，破损的船帆漂在水面上。

"穆雷！"一个声音这时喊道。

穆雷转过身，正好看见肖恩和加里比教授从海岸的礁石之间向着自己的方向走来，而米娜和康纳则跟在这两个人的身后，不过四个人的表情都显得有些奇怪。

"穆雷，是你吗？"米娜看着对面那个浑身上下都是沙子和海藻的身影有些犹豫地问道。

"大概吧。"穆雷有些无奈地回答说，"你们呢？还好吗？你们……不，我是说我们的人都齐了吗？"

在得到了肯定的答复之后，穆雷露出了疲惫的笑容，不管怎么说，所有人都还活着，大家仍然在一起。

"谢天谢地，伙计，我们找你已经快一个小时了。"教授有些兴奋地说道，"我们还以为再也见不到你了呢！"

"我们可真是幸运哪！"肖恩说着拍了拍穆雷，穆雷一个趔趄，差点摔倒在地。

"轻一点，肖恩，我能站在这里就已经是一个奇迹了！"

"天晓得我们被海水冲到了什么地方。"

"现在墨提斯号已经毁了。"米娜叹了口气说。

"嘿，请注意你的用词，"康纳看了一眼船只强调说，"它只是搁浅

了，搁浅了而已，不过我和教授先生已经想到把它解救出来的办法了。"

"是真的吗，教授先生？"穆雷急忙问道。

托尼·加里比掸了掸衬衫上的盐巴，卷起袖子，露出手臂。"办法或许有，不过我们得先找到一些轮子，还有绳索，那样的话，我应该有办法在几个小时之内把它拖到沙滩上。不过如果要维修墨提斯号的话，那至少得花上好几天的时间，而且还是得在工具和配件齐全的前提下。"

"我觉得我们应该先考虑把船从那里弄出来。"康纳说道，"如果就这样放任不管的话，很可能它会被一个大浪再次卷入海里，甚至沉没，而如果我们能够把它弄到岸上的话，那么至少我们有了一个可以遮风避雨的地方，然后再想办法解决其他的问题。"

孩子们仔细搜索了一下海岸，想看看暴风雨之后还残留了些什么。很快肖恩便找到了被海水冲到岸上的那本《虚幻旅行者指南》以及一小袋干粮。

"嘿，你们过来看一下！"穆雷双脚浸在有些温热的海水中喊道。

小伙伴们围到了穆雷的身边，发现在海面上和礁石之间漂浮着许多奇怪的东西——瓶子、塑料袋、饮料罐、食品包装袋以及一些树枝，显然这些东西并非全部来自墨提斯号。

"这些东西是从哪里来的？"米娜感到有些恶心地问道。

穆雷看着远处的海洋，回答说："从海上漂来的。"

"是的。"加里比教授确认说，"看来这座岛屿应该是坐落在两股洋流的交汇处，所以许多垃圾都汇聚到了这里。我们应该尽量把这些东西都收集起来，对于我们来说这也许是一种幸运，因为如果这是一座荒岛的话，那么这些垃圾也许就会比黄金更加珍贵。"

大家用了不到一个小时的时间收集到了教授所需要的轮子和绳索，

并按照教授的设想制作了一部简易的拉车。之后大家又用了三个小时的时间，终于将墨提斯号转移到了陆地上。

船只在搁浅位置留下的那个沙坑很快便被海水填平，而此时的墨提斯号正停在沙滩上等待着修复。

等到所有的工作都完成的时候，天色已近黄昏，一轮红日挂在空中。所有人都躲在沙滩上的树荫下，大口喝着在墨提斯号的船舱里找到的饮用水。

"也许我们应该先去勘察一下四周的环境。"康纳用手遮住自己的眼睛，望着太阳的方向说道。从周围的植被来看，他们此时很有可能是位于热带的某座岛屿之上，而且时间已经不早了，太阳随时会下山，海边的夜晚还是有些寒冷的。"我们应该先为今天晚上做好准备，然后想一想接下来的几天该怎么办。"

"不知道有没有人会来这里救我们。"穆雷低声嘀咕着，"你知不知道我们大概在什么位置，康纳？"

墨提斯号的船长摇了摇头。他在此前已经告诉过伙伴们，自从他们离开了基穆尔科夫之后，墨提斯号就一直在拒绝自己想要把它驶向西北方向的命令。随后他们就遇到了暴风雨以及那艘奇怪的潜艇。

以至于自己已经完全不知道所在的方位了。

"大概在西班牙的海岸附近吧。"他说道，"也有可能是在更南方，比如加纳利群岛甚至是非洲，我也不清楚！按照墨提斯号的移动方向，我们也有可能已经穿过了大西洋而来到了加勒比海一带。"

"看这里的植物我们也许能够获得一些信息。"加里比教授说道，"不过我还是觉得应该先往岛内走一段距离看一下情况，然后再做决定。而且我们应该赶快把帐篷和被子取出来晒干，趁现在还有太阳。"

穆雷向同伴们要来《虚幻旅行者指南》，快速翻开，想找找看有没有遇到这种情况之后的建议。

受伤与急救……寻找遮蔽物与住所……怪物与生物……野外科学……

"听听这里说的！"穆雷突然喊了起来，对着书本念起来，并且有些焦急地不停地前后翻页：

1. 仔细观察并记下所有的物品。

17. 对于蛇毒，可以通过燃烧火药粉来对伤口消毒。

22. 如果遇到出血，可以用烧化的油脂来止血。

30. 如果长时间口渴，建议可以在嘴里含些东西：一片树叶，一块不吸水的光滑石块或是一块石英石。

65. 如果饥饿过度，可以喝动物的血。

9. 如果要烹饪蝗虫，可以去掉腿和翅膀，然后和油脂一同放进铁制的容器中煎炸。

58. 如果有成员死亡，请记录下其他人对他的怀念以及当时的环境，将这份记录交给死者的亲属，并在容易分辨的地方将其埋葬。可以考虑洞穴或是荆棘丛中，并用石块覆盖尸体，可以有效防止猎食者对尸体的破坏。

米娜越听眉头皱得越紧，"怎么那么不吉利？为什么你要读这段死人的内容？"

"这又不是我写的。"穆雷立刻澄清道，同时合上了书本，轻轻抚摸着封面。

"不过有一点穆雷是对的，我们既然被孤立在了这里，那么就必须做好准备，面对各种可能发生的情况。"肖恩说。

话刚说完，他的情绪似乎一下子低落了下来。

"既然是这样的话，那么就麻烦你们替我向我的爸爸解释一下为什么我会缺席数学竞赛吧！"米娜开玩笑道，试图缓解一下紧张的气氛。

康纳对此表示支持，"米娜说得对，我们没必要那么垂头丧气。"他说道，"而且我们遇到的麻烦已经够多了，别再给自己添堵了。"

穆雷点了点头，"说得对！"说完他将指南针用沙滩上找到的绳索系在腰间，"开始工作吧，男士们！"

米娜干咳了几声。

"还有女士们！"穆雷立刻补充道，同时望向天空，"无论如何，我们所有人都要一条心！"

加里比教授取来一盘鱼线，将一端系在了一根树干上，而手里则拿着绞盘，这样一来他们便不会迷失返回的道路。

于是一群人正式出发。

在经过了一小段沙滩之后，他们很快便进入了一片热带丛林。孩子们仿佛来到了原始的世界之中，在这里自然的法则主宰着一切，而人类只不过是短暂的访客而已。丛林中的空气闷热而潮湿，地上完全没有成形的道路，他们只能时而沿着河岸，时而顺着植物间的空隙前进。每一步踏在地上，他们都能够感到柔软的泥土微微下陷，就这样，他们安静也有些忐忑地继续前行。

透过头顶的树叶，他们看见阳光距离他们似乎越来越远，空中会时不时传来一些奇怪的鸟叫声。

"这些树可真大呀。"米娜摸着一片和她差不多大的树叶说道。

"有些植物可能是有危险的。"教授提醒说，"所以你们前进的时候要当心点。"

一群不知名的昆虫在孩子们的周围发出嗡嗡的声响。

"那是什么鬼东西？"肖恩问道。

"哪里？"

"那里。"

所有人都顺着他的目光看去，在看清楚他所说的东西之后，却没人敢开口说话……

是头颅！人的头颅！不止一个，有好几排，都挂在长矛的顶部。

孩子们陷入了沉寂，一动不动。在热带雨林里，泥土路的两侧，悬挂着几排人头……所有人都想到了同一个词。

食人族！

当所有人上气不接下气地跑回墨提斯号边上时，太阳终于躲到了地平线的下方，天空重归黑暗。

第十五章

远处的鼓声

如果想要避免在丛林中被猛兽偷袭的话，
就需要安排人员负责警戒。

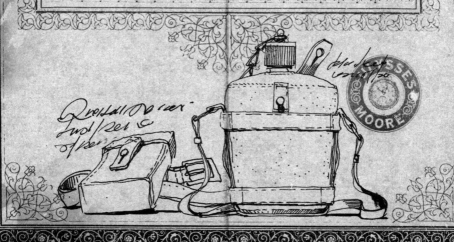

黑暗已经降临，孩子们如同猴子一般一个个蹲在沙滩上，他们的一侧是一片热带雨林，如同一头巨大的猛兽一样缓缓地呼吸着，而另一侧则是一望无际的大海。

没有人敢在这个时候睡觉，尽管他们支起了蚊帐，不过上百只蚊子仍然前赴后继地向他们扑来。而丛林那边也并非一片安静，他们时不时地能够听见一些低吼、尖叫以及树枝折断的声音……所有的声音都是如此突然且充满野性，令孩子们感到不寒而栗。

"再这样下去我们永远都不可能离开这里，"肖恩用力地挠着身上被蚊子咬的包说道，"如果我们再不睡觉的话，明天就没有力气修理墨提斯号了。"

康纳吸了口气，建议说："我觉得我们可以轮流戒备，教授先生，您还可以继续坚守一段时间吗？"

托尼·加里比打了个哈欠，不过仍然回答说："当然可以。"

"好的，那这样的话，我和教授先坚守几个小时。"

"那你们要是睡着了呢？"米娜有些不安地问道。

康纳摇了摇头回答："我们不会睡着的。"

"你怎么确定呢？如果你睡着的话，有可能连你自己都意识不到。"

"我们会站着。"加里比教授解释道。

"站着？"

"是的，也就是说如果我们睡着的话，就会摔倒从而让自己清醒。"

穆雷躺了下来，抱住自己的膝盖，"我觉得这没什么用，反正我肯定是睡不着的。"

话音刚落，他便沉沉地睡了过去。

"我们得不停地聊天。"米娜坐到了早已经开始打呼噜的肖恩身边说道，"因为我之前……"米娜打了个哈欠，"之前看到过……据说有些动物在听到了人的说话声音……声音之后就……不会靠近了，而且……"

"没有动物在靠近……"康纳对米娜说道。

不过米娜已经睡了过去，而康纳则坐在火堆边，显得有些惆怅。

他看了看头上的树叶，似乎能够透过缝隙看到从远处地面升起的烟雾。

"教授，也许我们得想一个 B 计划。"他说道。

"是的，我也正在想这件事。"

"您确定我们能让墨提斯号在几天之内重新起航吗？"

加里比教授叹了口气，他的身影与四周树木的影子混合到了一起，如同乌鸦的翅膀融入黑夜之中："我觉得是有可能的。当然，也有可能需要多花几天时间。"

"我觉得后者的可能性更大一些。"

而这也正是康纳所担心的。康纳心里这样想着，但并没有说出来，只是尽忠职守地站在原地，警惕地注意着周围的一切。

森林中时不时会响起奇怪的动物叫声，远处还传来了阵阵鼓声。

康纳突然想到了仍然躺在修船坞的依塔卡号。

"我哪怕有事的话也绝对会抽空过来的！"康纳曾经这样答应过港务局的工作人员。

这可真是奇怪的巧合，两艘船竟然同时需要维修。

不管怎么说，和港务局工作人员之间的约定看来是泡汤了。

"B 计划？什么 B 计划？"

迷迷糊糊地过了几个小时之后，米娜一边整理着头发，一边疑惑地看着康纳和加里比教授。

"我们考虑到如果修复墨提斯号再出航的话需要的时间太久，"加里

比教授解释说，"所以眼下我们只有两种解决方法。"

"哪两种？"穆雷问道。

"你们在说什么呢？"肖恩打断说。

加里比教授将所有人都叫到了身边，夜晚的海风吹着，令人感觉有些凉飕飕的。

马上就要到破晓时分了，正是群魔乱舞的时刻。

"我们可以扎一艘木筏……"他说道，"或者回到岛里面，寻找一个山头，观察一下整座岛屿的地形，然后点燃火堆，寄希望于往来的船只能够发现我们。"

众人面面相觑。

"木筏。"穆雷举起手说道。

"山头。"康纳和加里比教授说道。

"我也赞同木筏。"米娜说。

轮到肖恩了，他看了穆雷一眼，很想支持自己好伙伴的选项，不过自己的内心其实是想选择另一个答案的。"我们向岛内走吧……"最终他还是举起了手，缓缓地说道。

"很好。"加里比教授说道，"既然是这样的话，那就决定了，大家尽快准备一下随身携带的装备，我们马上出发去探险！希望今天可以比昨天运气好一些。"

"谁说我们昨天的探险运气不好呢？"穆雷有些不甘心地说。

"这是我们目前能做的最合理的选择了。"康纳说道，"不管怎么说，我们都必须想办法解决问题。"

"不用那么着急吧。"米娜说道，"我的意思是说……已经没必要再那么赶了。"

康纳走到了米娜的身边，"真是抱歉哪……"他对着米娜说。

"为什么要感到抱歉？"

"因为竞赛的事情……"

米娜耸了耸肩，"哦，别提了，反正我也肯定得不到第一名的。"说完，她伸出手，让康纳将自己从地上拉起来，"与其担心这个，不如先想想怎么离开这里吧！穆雷，你就不能想办法打开你的时光之门吗？"

穆雷并没有回答，反而觉得米娜的这个问题有些不太友好。好像现在的困境都是因为他没有使用时光之门而造成的一样。要知道当穆雷无意中打开那扇门的时候，根本不知道会发生些什么，而且在这座岛上，也没有见到任何时光之门的踪迹，有的只是茂盛的棕榈树和丛林中动物们时断时续的叫声。

"既然如此，那我们还在等些什么呢？"肖恩拿起自己那只已经满满当当的背包问道，"既然大家都选择要探险，那我们就尽快出发吧！我们肯定不会害怕那些鼻子上穿着钉子的食人族的，对吧？那些只是骗小孩子的故事！"

说完，他率先走进了灌木丛中，发出窸窸窣窣的声响。

对于所有的人来说，朝哪个方向走并不重要，反正他们也不认识这里，于是其他人也跟了上去，出发去寻找岛上的高地，同时祈祷不要在穿越丛林的过程中遇到食人族。

整个上午，一行人便在这片茂密的树林之中度过，成百上千棵高大的热带植物顶着宽厚的树叶，为他们遮挡住了一部分烈日，但同时也阻断了泥土中水汽的及时挥发，令树叶下面的这部分空间十分闷热潮湿。而在地面上，粗壮的树根相互缠绕，盘根错节，伴随着大片的泥泞沼泽和各种蛇鼠蚊蝇。

在这样一座绿色的植物牢笼之中，加里比教授注意到有些地方的泥土中残留着树木被砍断之后留下的树桩，而四周围着一些石块，上面还

画着各种图腾。除此之外，一些头骨散落在各处。

大约到了中午时分，一行人已经喝掉了所携带的一半饮用水，可他们一共才没走多少路。炎热的天气如同一群鬣狗围在四周，对他们虎视眈眈。

"虽然这可能有点令人沮丧，不过我想说我快走不动了。"加里比教授停下脚步说道。他的脸上和手上布满了树枝剐擦的伤痕。

"我们……正在……爬坡，教授。"穆雷激励道，"相信……用不了多久，我们……就可以到达……山顶了，到时候……"

孩子们一起手忙脚乱地将教授拉起，再次出发。穆雷观察得非常仔细，一行人确实是在爬坡，而且一路上他们也没有见到什么食人族、奇怪的野兽或是有毒的植物。

随着一行人不断地上坡，头顶的树叶越来越少，天空也就露了出来。

"加油哇！"

"马上要到了！"

"别着急，孩子们，别着急！"

直到突然……

"我们终于到顶啦！"肖恩扶着自己酸痛的腰喊道。

只不过，他马上就发现，这里并不只有他们几个人。

第十六章

绿色地狱

荒岛并不一定是一座岛，
也不一定真的荒凉。

事实上，他们并没有被海浪冲到一座岛上，这里是一片被丛林覆盖的大陆。

大家站在小山坡上，穆雷用一块已经破烂不堪的布擦了擦自己脖子上的汗水。他有一种奇怪的预感。

他的脚下是一片郁郁葱葱的森林，一直延伸到远处，几条蜿蜒曲折的小河将陆地分割开来。他们的四周还分布着高矮不同的山丘。从穆雷的角度望去，最高大的树木之间挂着粗壮的藤条，如同悬挂着的吊桥。

"你在想什么？"肖恩晒得满脸通红，拍了拍穆雷的手臂问道。

穆雷伸手在脖子边挥了挥，赶走了一只硕大的黄色苍蝇。

"我也不清楚。"穆雷盯着树林，像是在寻找着什么似的，"不过我有一种很不好的预感。"

"你不是唯一一个有这种感觉的人。"加里比教授双手插着腰，喘着粗气，"你们知道这地方叫什么吗？"

所有人都看着教授。

"亚马孙丛林，你们知道在亚马孙丛林里住着谁吗？"

"食人族。"米娜一边说着，一边尽可能地用衣服覆盖住自己的全身来防止各种昆虫的叮咬。

"哦，没错！"肖恩的脑子里快速搜索着他在书本上见到过的那些名字，"还有蚊子、毒蜥蜴、沙巴蚂蚁，据说这些蚂蚁能够在一个晚上啃食完一整包食物。"

"希望它们不要看到我的背包！"康纳低声嘀咕道。

"此外还有那些特别喜欢聚集在伤口上产卵的苍蝇，以及能够分泌氰化物的百足虫。"肖恩继续说道，"然后……还有可以吞下一整头鹿的蛇和箭蛙……让我想想准确的描述……它们'所分泌出的毒液经常被涂抹在箭的顶端'。"

"我真是太谢谢你了，"米娜有些生气地说道，"你的话让我感到更放心了呢！"

"既然现在我们已经来到了高处，"康纳回头望了一眼大海，说道，"你们觉得这里有船经过的概率大吗？即使真的有船路过的话，他们能看见这里的烟吗？"

穆雷深深地吸了口气，一股奇怪的气味进入了他的鼻子，这种味道充满了野性和神秘感，夹杂着雨后大地的泥土味、奔跑之后的汗水味和伤口流出的鲜血味。

穆雷感到自己此时如同一只笼中的猎物，周围猎手环伺，连他自己都不清楚这种感觉是哪里来的。他的直觉告诉自己这种威胁并非来自热带雨林中的各种毒物，尽管他很清楚那些毒物的危险程度，不过此时此刻他担心的却是别的东西，这种恐惧由心而生，逐渐蔓延到身体里的每一根血管。

这种黑暗，正在不断地扩散，在这晴空万里之下。

穆雷感到自己像是一个孩子，想要寻找母亲的庇护，他想要抛下一切，不想再去探险，只想回家。

是的，这才是真正的威胁。

不是他内心的恐惧，而是他尚未成熟的那一面。

对于想要的东西，他曾经习惯立刻得到，而不是通过自己的努力去获得。一旦遇到了困难，他往往会选择放弃。

"既然是墨提斯号带我们来的这里……"穆雷心想。

是的，墨提斯号，暴风雨，以及那艘如同从海底两万里以下的地方突然冒出来的潜艇。

既然是命运安排他们来到了这个地方，那么也就意味着他们还可以继续前进。

也许他们应该尝试去挑战这片热带雨林。

穆雷将一只手按在了自己的额头上，能够明显感觉到自己的体温和跳动的血管。

"你们看！"肖恩的喊声将大家的注意力都拉到了他们登陆的那片沙滩，整个海湾如同一轮弯月的形状，而墨提斯号则像一尊狮身人面像一般静静地卧在一侧，"在这片海上根本就没有别的岛屿。"

也许是肖恩说话的方式，也许是他夸张的指手画脚的动作，反正一下子将穆雷拉回到了现实之中。

"而陆地的这一侧则是一片高低不平的山丘地带，"米娜说道，"而且有些山丘比我们现在的位置还要高。"

穆雷咽了口唾沫，向前走了一步，视线警惕地环视四周。

"你还好吗？"肖恩用手肘顶了顶他，问道。

面对最好的伙伴的问候，穆雷笑了笑，回答说："是的，我很好，肖恩，我们一定能行的，我们一定能够离开这鬼地方，找到尤利西斯·摩尔，救出瑞克·班纳，一定可以的。"

"我们当然能够做到。"米娜附和着。

加里比教授拍了拍手，"既然是这样的话，那我们就别浪费时间了。"他将背包扔在了地上，开始翻找里面的物品，"我们得轮流值班，来保证火堆不熄灭。当然，这里的木材肯定是足够的，不过……问题在于……"

这时，一阵奇怪的呼啸声打断了他的话。

"你们说什么来着？"他疑惑地问道。

其他人面面相觑，"我们什么都没说呀……"所有人回答道。

接着又是第二下呼啸声……嗖！

然后是第三下、第四下……伴随着树枝和树叶的掉落声。

"是箭！"肖恩一脸惊愕地喊道，"是箭！"

"所有人趴到地上！"康纳立刻下令说，"我们遭到了伏击！"

孩子们和教授立刻按照命令卧倒在湿软的土地上，几支弓箭呼啸着从他们的头顶上飞过，根本无从判断到底是从哪里射来的。

"立刻离开这里！立刻离开这里！"加里比教授喊道，"先回到丛林里再说，这里对我们太不利了！"

"不要所有人都在一起！这样目标太大了！我们分开行动！"

大家分成了两组沿着地面翻滚着散开。

康纳和加里比为一组，穆雷、肖恩和米娜为另一组。当他们听不到空中的呼啸声之后，才敢站起来，猫着腰逃跑。

嘭！

米娜被脚下横着的一根树干绊了一下。

"米娜！"

米娜如同跳舞一般飞向半空，然后重重地摔在泥土中，向着坡下翻滚而去，眼睁睁地看着穆雷和肖恩离自己越来越远。

"我们直接在船那里见！"康纳的声音不知从哪里传了过来。

树林在不停地颤抖着，所有人都屏住了呼吸。

"完了，完了，完了……"肖恩喘着粗气，不停地念叨着。

"冷静点，肖恩，冷静点！"穆雷扶着肖恩的肩膀说道，而自己的双手也在不停地颤抖。

穆雷将肖恩拉到了一棵树旁，蹲下身体。树干上布满了虫子留下的小洞，这些昆虫被两个人的汗味所吸引，不停地钻进他们的衣服里，而两个孩子则完全没有注意到。他们保持在原地，一动不动。

一开始的时候，他们根本无法见到袭击者的模样，只是听见了杂乱

的脚步声，混合着树枝的断裂声，不断靠近。

接着，穆雷和肖恩看见了一些零星的细节，时隐时现地出现在树叶的缝隙之间。

尖锐的长矛，文满图案的手臂。

短小而强壮的大腿。

长长的耳垂，脖子上挂着的贝壳项链。

下身用三角形的树皮遮挡，鼻子上插着羽毛。

这些土著人行动迅速且隐秘，感觉更像蜘蛛而非人类，他们的警惕性很高，对于四周发生的一切都了如指掌。

"完了。"肖恩再一次低声说道，有什么东西正在沿着他的手臂缓缓向上爬。

"别动！"穆雷紧紧地盯着小伙伴的双眼，冷静地说道。

米娜的耳朵嗡嗡直响，她从地上爬起来，顾不得身上的疼痛，钻进了一条褐色小河边上的树丛中。米娜躲在树叶后，这才喘了口气，然后她透过缝隙观察着四周的情况。

突然，她看到了一个身影，和自己只有不到一米的距离。

米娜吓得一动也不敢动，一滴汗沿着她的脸颊流下，滴在了泥土中。

那个男人身材矮小，弯着身体背对着米娜。米娜可以清楚地看见他背后凸出的脊椎关节伴随着他身体的动作而移动。他蹲在河边，似乎在摆弄着什么东西，看上去不是十分紧张，也不像是准备战斗，只是在这里自顾自做事罢了。

这个男人并没有携带弓箭，一支长矛就放在他的身边，米娜小心翼翼地探出头去，希望能够看得更清楚些。

这个土著人的手里拿着一块石头，不停地敲打着一段树干，这时树

干里流出了一种乳白色的液体，滴到了河中。不一会儿的工夫，河里漂浮上来了一些鱼，嘴巴一张一合，像是中了毒。

他在干什么？米娜心里想着，向前走了一步。

伴随着地上树枝的断裂声，那个土著人突然转过头来。

是一个男孩子！看上去最多十岁，此刻正盯着米娜，手里还拿着一条鱼，眼神中充满了惊讶和诧异。

米娜看着这个小男孩，一言不发，看上去对方好像并没有敌意，不过很多时候很多事情并不像看上去的那么简单。

土著男孩用陌生的语言说了些什么，听上去像是一个问题。

"对不起……我……我听不懂。"米娜回答说。

男孩笑了笑，似乎被米娜的声音所打动，他的双眼是咖啡色的，瘦小的身体里散发着自由和无拘无束的气息，他上前一步，举起了手里的鱼，像是要送给米娜。米娜本能地后退了一步，随即意识到了不妥，立刻回以抱歉的微笑。两个人就这样好奇地相互对视。

而正在此时，两个身影突然出现在了山坡上。

"快跑，米娜！快跑！"

穆雷和肖恩从同一个山坡上连滚带爬地翻了下来，一把推开那个土著小男孩，示意米娜赶紧跟他们走。

米娜结巴着说："当……当心！你们别……伤害他！他什么都……"

在另一边，土著男孩受到这一惊吓，开始大叫起来……

第十七章

木牢

逃跑的时候需要瞅准机会，
而且要做好面对源源不断追兵的心理准备。

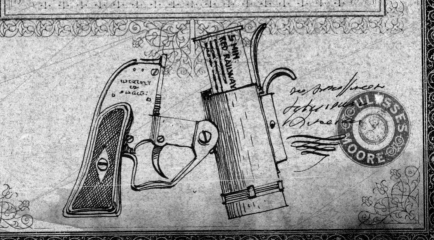

康纳和加里比教授几乎是连滚带爬地来到了沙滩上，上气不接下气，两个人立刻躲到了帐篷的后面。

康纳迅速翻找着海难中收集回来的物品。

"猎枪，手枪！"他喊着，"我们应该带着防卫武器！"

最后，他拿着一把信号枪和三枚信号弹走了出来。

加里比教授走到他的身边，视线始终没有离开过丛林。尽管那里没有半点动静，但是他们感觉树林里像是有几十双眼睛在看着他们一样。

两个人就这样举着信号枪，对准树林的方向，然后静静地等候着。

"他们还要多久？"康纳问道。

"我不知道。"教授回答说，"不过应该快了，坡顶离这里没多远，他们应该马上就来了。"

"要是他们不来呢？"

"他们会来的。"

"我说的是如果他们不来的话，我们怎么办，教授？"

两个人就这样盯着树林，不放过任何动静。

"他们害怕墨提斯号。"过了好一会儿，教授站起身来说道。

"教授……"

"我们只要留在这里他们就不会伤害到我们了。"他看了一眼有些破旧的船只，"他们也知道这艘船有着神圣的力量。"

"那些追兵在哪里呢，教授？"康纳仍然蹲在地上。

"应该还在那里。"加里比教授指了指丛林的方向，"他们来不了这里，而我们也去不了那里。"

"如果我们去不了那里的话……"康纳有些着急地抱怨道。

加里比教授突然做了个手势制止了他继续说下去。"嘘……有动静！"

米娜、穆雷和肖恩低着头，被人从后面推着向前走，他们的双手被绑上了结实的藤条，一旦放缓脚步，立刻会被身后的长矛戳中身体。

在听到了小男孩的尖叫声之后，三个孩子迅速就被一群土著人给包围了起来。这些人身材矮小，但是肌肉发达，脸上文满了图腾，耳朵和手肘上穿着动物的獠牙和骨头。这些土著人的目光始终看着前方，仿佛三个孩子与他们其他的战利品并无差别。

米娜的目光寻找着刚才那个捕鱼的孩子，但是没有找到，他去哪里了呢？是不是正躲在自己的身后？她很想回头看一眼，但是却不敢，因为她可不想被长矛在身上扎几个洞。

"你们还好吗，伙计们？"米娜低声问道。

"我没什么问题。"穆雷走在她的前面回答说，"你呢？"

"应该还没缺胳膊少腿。他们这是想把我们带去哪里呢？"

"去他们的部落呀，不是吗？"肖恩走在米娜的身后，"我们一会儿应该会下锅吧，可能会加上一些蜥蜴和竹子一起煮。"

"现在可不是开这种玩笑的时候！"

"啊，不是吗？那现在是什么时候？"

"现在我们先不要反抗，等待机会。"米娜说，"话说回来，你们刚才就不应该去推那个小男孩。"

"我们只是想救你！"

"我们怎么知道他会突然喊起来，而且叫声还那么响。"

"我也知道这不能全怪你们，不过，当时我觉得我和那个小男孩马上就可以做朋友了。"米娜继续道，"他对我露出了微笑……还想把手里的鱼给我！"

"也许他只是希望把你和鱼一起煮了。"

"别开玩笑了，穆雷。"

"我没有在开玩笑！"

这时，几个土著人用长矛的柄部重重捅了孩子们几下，仿佛是在警告他们别再说话。

"我发誓如果我可以活着从这里离开的话，我就做一个素食者。"肖恩说，"我发誓。"

"别胡说了。"米娜立刻泼了盆冷水。

"为什么？我就不能做一个素食者吗？"

"不，是你不可能从这里活着离开。"米娜扫了一眼两边的土著人后说道。

"啊……这真是太棒了！"穆雷干呕了一声，他刚看到一个土著人伸手从树洞里抠出了一条虫子，并直接塞进了嘴里，嚼了几下之后就咽了下去。

在闷热的树林中不知走了多久，最后他们终于来到了一个村庄前。

穆雷的心跳得飞快。

村庄的四周插着一排长矛，上面挂着一些已经黝黑干枯的头颅，这些头颅双眼紧闭，嘴巴微张，露出白色的牙齿，像在微笑。

"完了，完了，完了……"肖恩的嘴里又开始念叨开了，他的脸上挂着几滴水珠，不知道是汗水还是泪水。

村子的草屋门口站着另外一些土著人，主要都是妇女和孩子，其中有些兴高采烈地向他们跑来。三个人继续前进，发现村子里的屋子几乎全是用稻草和木头做的，还养着许多不知名的奇怪动物，看上去像狗和食蚁兽的混合体。

整个村庄不是很大，位于两条河流的中间，其中的一条通向一处泉水，水质清澈。

在村庄入口的对面，有一个出口，边上同样挂着几个头颅作为标记。村中草屋之间的空地上生着些火堆，上面挂着几口大锅。

三个人面面相觑。

穆雷抬着头，挺着胸，表面上看不出害怕的样子，米娜显得有些犹豫不决，似乎无法相信自己看到的东西，而肖恩则选择完全忽视所有人，一个人自顾自地咒骂着什么。

村庄里的土著人似乎都非常沉默寡言，一言不发地将三人押到村庄中央的一幢单独的房子前。这幢房子似乎与别的不同，门口并没有用骨头来装饰，而是用厚实的树叶加上针线缝了一张门帘。当押送他们的土著人掀开门帘走进去的时候，他们瞥见在树叶的里面挂着两三层蚊帐。

肖恩、米娜和穆雷站在原地，有些不知所措。

屋子里面传出了一些交谈声。同时，村子里几个胆子大些的孩子主动凑了上来，伸着鼻子，将他们从上至下嗅了一遍，然后又跑开了，而其他人则等候在各自的屋子门口看着他们，有些人手里还拿着用树叶卷起来的面团，不停地往嘴里送。

"他们打算怎么处理我们？"米娜问道。

穆雷摇了摇头，不知道该如何回答。

没过多久，一个土著人从屋子里出来，示意三人跟着他进去。

孩子们的双手被反绑着，根本无从反抗，只能乖乖地顺从，他们睁大了双眼，希望看清即将降临的命运。

尽管外面晴空万里，屋子里面却十分昏暗，为数不多的几束阳光透过屋顶的缝隙照射进来，衬托着十分幽静的环境。在正中间的地方，有一个男人背对着门口坐在那里。

就在孩子们走进去的时候，他站起身，转过头来。这个人的脸上留着长长的胡子，面容消瘦，双眼炯炯有神，目光深邃，很明显有着极为丰富的阅历。

令孩子们感到有些意外的是眼前的这个男人竟然是一个白人，尽管他的身上布满了大大小小的伤疤和被蚊叮虫咬的肿块。

而他似乎也没有料到进来的会是三个孩子，男人嘱咐了那个土著人几句，土著人便松开了绑在孩子们手上的藤条。

穆雷一边揉着自己的手腕，一边好奇地看着眼前的这个男人。

这不会是真的吧？穆雷心中念叨着。

随着脑中一个奇怪想法的产生，穆雷越来越觉得这些天的冒险并非完全无用，而且整个海难似乎也不再是一场单纯的巧合。

他张开嘴想要说什么，这才意识到自己的喉咙早已经干燥得发不出声音了。

穆雷吞了口唾沫，这才鼓起勇气。"您是……尤利西斯·摩尔吗？"他用平静的口吻问道。

米娜和肖恩满脸疑惑地看着穆雷，仿佛在怀疑他是不是疯了。

随即他们转向了站在房屋中间的那个身影。

"你们是谁？"尤利西斯·摩尔问道。

第十八章

巧合

如果处理不当，
童年也有可能变成一场噩梦。

寒风在克罗姆的城堡阁楼之间肆意凌虐。

在墙上画满了各种动物的会客厅内，拉里·哈斯利与瑞克·班纳面对面，各自想着自己的事情。

在经历了一场艰苦的海上旅行之后，瑞克·班纳衣衫褴褛、身形憔悴，不过他的脸上仍然透露着一种毫无畏惧的神色。而也正是这一点，令哈斯利感到十分不爽，因为这让他感觉到了自己内心深处的自卑。到底是什么力量支撑着这个反抗军成员？为什么他不像别人那样害怕自己？

"你坐吧，瑞克·班纳。"哈斯利说道，"没有人强迫你非得站着，你应该很累了吧？经历了那么久的一段长途旅行。"

"我就这样站着也没问题。"

哈斯利冷冷地笑了几声："随你便，随你便！毕竟你也是一个船长，不是吗？一个船长当然可以决定自己是站着，还是坐到那张该死的椅子上。对了，既然聊到了这个话题，你不妨告诉我你到底负责些什么事务呢？"

瑞克看着眼前的这个敌人，很难想象他只是一个十一岁的孩子，十一岁，自己也曾经经历过。

"是村庄的领导吗？"哈斯利用嘲讽的口吻问道，"海军中尉？船长，我们的船快要沉啦？"

瑞克看着哈斯利那张令人生厌的脸，继续一言不发。

"我已经告诉过你关于我的故事了，班纳船长，现在轮到你了……"哈斯利突然脸色一沉说道，"这可不是一个请求，希望你可以明白。"

当然，瑞克当然明白，他突然感到了一丝疲倦，一想到自己的过去，他就只想要赶紧离开这个鬼地方，回家好好吃上一顿，睡上一觉。

"我出生和成长在基穆尔科夫，一个小渔村。"

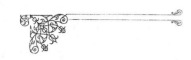

"我很清楚基穆尔科夫的情况！"哈斯利打断道。

"不，你并不清楚基穆尔科夫这个地方，只有真正在那里生活过的人才了解那里，而你这种只去过一次，就想要改变游戏规则的人根本不懂。"

拉里·哈斯利伸手抓起了自己的那只兔子，看上去有些失望地说道："哦，看来你是一个很较真的人哪，班纳船长。"

瑞克并不理会对方的话，双眼紧闭，沉浸在自己的回忆中："我在小镇上见到科文德兄妹的时候只有十二岁，杰森·科文德和茉莉娅·科文德。他们搬到了山崖上的阿尔戈山庄里，那是一个非常特别的地方，在此之前我都是站在港口仰望那座山庄的，它就像是小镇上的女王一样屹立在上面。"

"你可以省略自己的感情经历，班纳，谢谢，长话短说吧。"

瑞克皱了皱眉头，仿佛自己正在聆听的音乐被一阵噪声给打断了，他睁开眼睛，不过并没有看哈斯利，因为他的脑海里仍然在想着山庄、杰森和茉莉娅，以及他们共同经历过的冒险。显然拉里·哈斯利并没有兴趣听他的回忆，既然是这样的话，那他就按照对方的意愿长话短说吧。

"我是在阿尔戈山庄里才听说了尤利西斯·摩尔的名字的，我们花了整整三天三夜才找到他。"

"那找到他之后呢？发生了什么？"

"我们发现尤利西斯·摩尔其实一直都没有离开那里，他一直都在我们的身边。"

拉里·哈斯利盯着韦斯克斯的两枚塑料眼睛。"所以他现在还在基穆尔科夫对吗？"他对着自己的兔子问道，"也就是说如果我们不找到基穆尔科夫的话，就找不到他？"

瑞克叹了口气，仿佛不知道该如何回答这个问题，因为这个问题本身就是错的。

"这次不一样，尤利西斯离开了。"他说道。

"哦……也就是说他放弃了你们自己逃跑了？"

"他出发去找墨提斯号了。"

哈斯利皱起了眉头。"可是墨提斯号自己回到了小镇上……在没有他的情况下……"他有些疑惑地问道。

"是的。"瑞克点了点头，"墨提斯号回到了小镇上。"

拉里·哈斯利冰冷的眼光跳动了一下。"在没有他的情况下……"他重复了一遍。

瑞克再次点了点头。

"所以这次墨提斯号上乘坐的是谁呢？"

"穆雷。"瑞克回答说。

"穆雷……"拉里低声重复了一遍这个名字，像是在试图去描绘出对方的形象一样，"那我们来听听看，这个穆雷到底是一个怎样的人？"

瑞克并没有回答。

"是和我一样吗？"拉里·哈斯利问道。

瑞克笑了笑，"不一样。"

"你觉得很奇怪吗？"哈斯利看瑞克不再细说，反问道，"我想，有一件事情你可能忽视了，瑞克船长。我们的好朋友穆雷，他去了基穆尔科夫，然后在我的地盘给我添了不少麻烦。"哈斯利一只手抓着兔子的耳朵，另一只手握紧拳头说，"我们的穆雷还乘坐了墨提斯号，但是要知道我才是在他之前的那个人。你知道这意味着什么吗？"

屋子里一片安静。

"怎么了，瑞克·班纳，你想不到吗？在我看来你可是一个很聪明的小伙子，而且也不奸诈。是的，总的来说，我很认可你这个人。"拉

里·哈斯利从沙发上站了起来，走到瑞克的面前，看上去瑞克几乎比他高了一倍，"你看，我亲爱的来自基穆尔科夫的瑞克·班纳船长，这个问题其实非常简单，并不是穆雷找到了墨提斯号，而是墨提斯号找到了他，是墨提斯号，你明白吗？"

哈斯利将兔子抱在自己的胸口，瑞克看着他，有些哭笑不得。

"这艘墨提斯号先来接的我，然后又去找了穆雷！"哈斯利像是怕他听不懂一样，又强调了一遍，"而现在尤利西斯·摩尔又出发去找墨提斯号，真是奇怪呀，不是吗？"

瑞克·班纳低下头看着哈斯利。

是的，他已经想到了这一点。

"你相信巧合吗，瑞克？"拉里·哈斯利问道，"说实话，我可不怎么相信。"

第十九章

白胡子囚徒

当你找到正确的人之后，
你的疑团将得到解答。

光线照在木屋里，空气中飘浮的灰尘清晰可见，站在中间的那个白人老者伸手穿过长长的胡子，挠了挠脖子，然后问道："你们能够听懂我说的话？"

"是的。"穆雷回答道，"我们能够听懂……先生……"由于讲话的速度太快，他咳嗽了两声，同时脑袋里飞快地想着应该如何叙述整件事情，"我们……我们是从基穆尔科夫来的，先生，我们是特地来找您的……"

尤利西斯·摩尔看着他们，目光显得有些呆滞。

"基穆尔科夫？"他重复了一遍这个名字，像是无法理解一样。

"我们找到了您在《奥德赛》中留下的信息，然后……"

"我……留下的信息？"老者又重复了一遍。

"我们还找到了墨提斯号，先生。"这时米娜也在一旁帮忙说道，"我们就是乘坐墨提斯号来到这里的。"

在听到了这个名字之后，尤利西斯·摩尔的神情终于有了变化。

"墨提斯号？"他不停地嘀咕着，像是在记忆深处搜索着这个名字一样，"这怎么可能？这怎么可能呢？孩子们，墨提斯号已经……"

"不，它没有。"穆雷打断说，随即感到了自己的鲁莽，脸上微微一红。

老者沉默了下来。

"您是想说它已经失踪了，对吗先生？但事实不是这样的，我们找到了这艘船，我们三个人加上康纳……还有加里比教授。啊，对了，顺便介绍一下……我叫穆雷，先生，而她是……"

"米娜。"

"我叫肖恩。"

穆雷看上去似乎有些激动，一边用手比画着，一边说道："我们得知一个叫拉里·哈斯利的男孩正在令整个虚幻世界陷入混乱，因此我们

决定……不，这样说可能不太准确。因为这个世界其实也是我们的世界，也是许多和我们一样的孩子们的世界……所以我们就跟随着您的线索来到了这里。"

"你是说你们找到了墨提斯号？"尤利西斯·摩尔像是完全没有听见穆雷的话一样，"哦，这根本不可能，我的孩子。"

"您说的不可能是什么意思，先生？"肖恩问道。

"是这样的，没人能够找到墨提斯号，因为这根本就不会发生。"

"但它确实发生了呀，"肖恩努力让自己保持平静，"不然的话我们就不会在这里了，你觉得呢？"

对于穆雷来说，最后这句话令他如鲠在喉，因为他觉得至少要对尤利西斯·摩尔使用尊称。

"这根本就不可能，我再说一遍。"长胡子的老者说道，"除非……"

"穆雷还重新打开了时光之门，先生。"米娜似乎这才想起了一件非常重要的事情。

"穆雷？"

穆雷立刻向前走了一步。"是我……嗯，是我，先生。"他提醒道，"我叫穆雷·克拉克。"

尤利西斯·摩尔向男孩慢慢走了过来，伸出手，像是要确认一下面前站着的是一个活生生的人一样："穆雷·克拉克？"

穆雷感到有些尴尬，不过还是点了点头，"是的，这是我的名字。您可能不知道，先生，在基穆尔科夫已经发生了许多事情。泊涅罗珀，我的意思是说……您的夫人对现在的情况十分担心，一直在不停地找您，而且同时还得组织反抗军的工作。"

"而且现在又有许多新生力量加入了反抗军，先生。"肖恩补充说，"我们的人数增加了许多，士气也很高涨。"

老者的太阳穴在不停地颤抖着，引得他胡子也微微在动，"穆雷·克拉克，你说你重新打开了时光之门是吗？哦，我的天哪！"

在孩子们的注视之下，尤利西斯·摩尔来到了穆雷的身前，蹲了下来，盯着他。

"我就知道，"他的声音有些嘶哑，"我就知道它不会放弃我的。虽然我曾经一度已经绝望，但是在我的内心深处还是……"

"哦，我就知道！"老者伸出手，搭在了穆雷的肩膀上，"所以说，穆雷·克拉克，是你，最后它找到的人是你！"

穆雷有些疑惑地眨了眨双眼，"是我？什么是我？"

"你就是另一块拼图！"尤利西斯·摩尔的脸上露出了微笑。

"我是……什么？"

"哈斯利的敌人。"

尤利西斯·摩尔深吸了一口气，仿佛接下来的话需要很大的力气才能够说出来。

"是这样的，孩子。如果想要改变一个世界的话需要两个步骤：打破旧的秩序和建立新的秩序。墨提斯号比我们任何人都更清楚这一点。如果要拯救虚幻之地的话，首先得打破那里陈旧的秩序，拉里·哈斯利的出现就是为了这个目的，而你，我的孩子，你的任务就是建立新的秩序。"

穆雷干笑了两声。"啊，当然，好像我的担子挺重啊？"他开玩笑说。

而他的两位小伙伴在一旁则没有感到丝毫惊讶。

米娜已经预感到了这一点。

而肖恩则从来都没有怀疑过这一点。

"所以说这一切……包括我们的见面都不是一次偶然？"米娜开口问道。

"当然，当然不是偶然。"尤利西斯·摩尔回答说，"在虚幻的世界里就没有所谓的巧合。"

"太……太棒了。"穆雷有些迷惑地附和道。

穆雷本想将自己来这里之前的经历完完整整地叙述一遍，不过他突然想起了一件更重要的事情需要确认。

"您知道我们这是在哪里吗，先生？"他问道，"我不是说这幢房子在哪里，而是说这里整片大陆在什么位置。"

尤利西斯·摩尔点了点头。"我们现在在Z之城，"老者镇定地解释说，"准确点说，是它残留下的部分。"

米娜、穆雷和肖恩相互对视了一眼，似乎有些不敢相信自己的耳朵。

"啊……这？"三个人不知道该如何更准确地表达自己的疑惑。

在略微思考了一下之后，米娜接着问道："那，您在这里是因为……"

"我来这里完全是一次可怕的错误。"尤利西斯·摩尔回答说。

"可是您现在在这个村庄里。"肖恩睁大了双眼。

"和你们一样，我也是被他们抓来的囚犯。"

肖恩失望地叹了口气。

"可是至少他们没有吃了您哪！"米娜说着，立刻摇了摇头，她可不希望再去想这件事情。

"那您知道怎样才能离开这座Z之城吗？"穆雷问道。

尤利西斯·摩尔有些苦涩地微微一笑说："在Z之城之后就没有别的虚幻之地了，我想我们应该是在整个虚幻世界的终点了。"

穆雷看着老者，疑惑地问道："您是在玩文字游戏吗？"

"你可以认为这是一个文字游戏，"尤利西斯·摩尔回答说，"关键在于谁在玩。"

"既然是这样的话，我只有一个要求，就是：我要离开这里！"肖

恩突然提高了自己的声音说道。

尤利西斯·摩尔将双手放到了背后，他身上破烂的衣服完全无法遮住他消瘦的身形。"哦，如果真是那么简单就好了！语言是一件很神奇的东西，它能够做许多事情，但也几乎什么都做不了。"老者并没有丝毫生气，"现在的情况是这样的，我们被困在了这个部落里，也许你们已经注意到了，他们就是食人族。你们看到他们对我比较尊重，只不过是因为我是凭空出现在这里的，他们从来都没有见到过一个白皮肤的老人。在这个部落里，最年长的土著人也就只有我一半的年龄，所以他们不清楚我到底是什么，他们害怕我，所以才不敢吃我，但是他们更害怕让我离开这里。如果我没有猜错的话，你们接下来也会和我有相同的命运。"

第二十章

食人族

人不可貌相,
食人族中也并非都是恶人。

尤利西斯·摩尔屋子的房门一直开着，可以看见村庄里的情况。但是，一旦孩子们接近村庄里的几条通向出口的道路时，就会立刻被人阻止。

　　Z 之城是一座位于两条河流之间的村庄，四周被热带丛林包围着。伴随着夕阳西下，透过树叶的缝隙照射下来的光线逐渐变红并减少，整个村庄很快便陷入黑暗之中。

　　"这里晚上也有守卫。"尤利西斯·摩尔对着穆雷和肖恩说道，两个人正偷偷地望着门外的情况。星空之下，村庄里的道路泛着白光，如同巨龙蜿蜒的脊柱。

　　土著人给他们送了些水来，尤利西斯·摩尔利用屋子门口的火堆先将水煮沸，之后再分给众人饮用。在夜色降临之后，树林里似乎变得更加热闹了，各种动物奇怪的叫声此起彼伏，而村庄里同样有好几双好奇的眼睛在暗中观察着这些白人。在经历了一整天的旅途劳顿之后，孩子们已经没有更多的力气说话了，伴随着对康纳和加里比教授的一丝担心（不知道他们是否顺利回到了墨提斯号），他们很快便窝在一起，席地而睡，进入了梦乡。

　　次日清晨，第一缕阳光透过屋顶的缝隙照进了房间里。

　　米娜醒来的时候才发现自己刚才参加数学竞赛的情景只是一场梦，而她仍然躺在地上，腰酸背痛。她起床之后，像其他人一样，跟随尤利西斯·摩尔走出了房间。老者带领着孩子们，一瘸一拐地走向村庄里的一处泉水边，边走，边告诉孩子们这里的泉水是供所有的村民洗澡用的。

　　"希望你们不要太在意这里的条件。"尤利西斯·摩尔一边说着，一边脱去了身上的衣服，只留下了一块布围在腰间，"至少这里面没有食人鱼和其他可怕的动物。"

　　米娜注意到，被囚禁的这段经历显然令老者的身体遭受了极大的磨

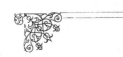

难，但是他的精神却没有屈服。尽管他年龄已经很大（到底有几岁了呢）而且身形消瘦，不过双眼依然炯炯有神，而那布满伤疤的身体，则更像是一幅画满了宝藏的地图。

孩子们跟着老者脱掉衣服，穆雷和肖恩在前，米娜则有些犹豫。正如尤利西斯·摩尔所说，也许他们不应该过于在意这里的条件，不过米娜也没法立刻就改变自己的习惯，要知道让她被一帮不认识的食人族看见洗澡是一回事，被自己每天都见面的朋友们看见洗澡就是另一回事了。

"这里面的感觉真不错。"穆雷说道，"你确定打算一会儿自己一个人进来吗？"

"我确定，穆雷，你不用担心，如果遇到了什么危险，我会喊你的。"

"好吧。"穆雷笑着说，"你自己注意。"

米娜点了点头，在所有人都离开回到木屋之后，她才缓缓走了进去。泉水清澈见底，看上去十分干净。

她先是伸进去一只脚，然后是另一只脚，当然，她的眼睛一直警惕地看着四周。当水没过她的膝盖之后，她才脱下衣服扔到了岸边，双手抱在胸前。

清晨的树叶上依然挂着露水，如同一颗颗钻石。尽管他们在一个听上去有些吓人的地方，不过米娜似乎并没有感到真正的恐惧。

这时她的身后传来了一些水声，米娜立刻转过头来。

一个土著人正在靠近她，米娜一下子就认出了他——就是前一天在河边见到的捕鱼小男孩。

她立刻蹲了下来，让水没到自己的脖子，仅仅将脑袋露在水面外。

泉水的底部是泥土，米娜的脚踩在上面感到松松软软的。

"嘿！"米娜招呼道，"对于昨天我的小伙伴们推开你的事情，

我……我感到很抱歉。"

小男孩在距离她两步的地方停了下来，看着她。

"你听不懂我说的话，对吗？"米娜继续问道，"是吗？"

土著小男孩一直咧着嘴笑，看上去十分喜欢米娜那柔软丝滑的声音。

接着他伸出那双满是伤疤的手，摊开手掌，米娜这才注意到小男孩的手上捧着一串浆果。

"这是给我的吗？"米娜微笑着问道，"谢谢你，虽然你大概听不懂我在说些什么，但还是要谢谢你。"

米娜摊开双手，接过了这些浆果，尝了几颗。浆果十分新鲜多汁，吃在嘴里像是草莓，非常甜，要是另外几个人也在这里就好了。

小男孩站在原地看着她。

"是的，很好吃！太好吃了！"米娜又放进嘴里两颗，"非常好吃！"

土著小男孩咧开嘴一笑，然后飞奔着跑开了。

不一会儿工夫，米娜便看不见他了。

当米娜洗完澡并回到他们的屋子时，她发现在门口已经放着一堆水果了。

"你猜猜是谁给我们送来这些的？"穆雷看到米娜后问。

米娜笑了笑回答说："我已经知道了。"

这次土著小男孩带来了更多种类的水果，有红毛丹、卡姆果、阿萨伊浆果以及番石榴。孩子们争先恐后地吃着这些美味的水果，而尤利西斯·摩尔看上去则显得十分惊讶。

"这可不是一件很正常的事情，你们可别太融入这里的生活。"他对于土著人的慷慨有些疑惑不解，"而且一般他们吃的都是别的东西，主要是昆虫的幼虫、白蚁以及油炸的蚂蚱……"

"真是太恶心了。"肖恩说道，嘴里仍然塞满了各种水果。

"其实味道还行，如果你在吃的时候不要去看它们的话。"尤利西斯·摩尔说道，"特别是当你饿了两天两夜之后，你会觉得这些虫子也是一种美味。要知道在这里，食物就意味着生存，而不是用来开派对的。"

孩子们纷纷笑了起来，米娜觉得老者说话的口吻很像加里比教授。说到教授，不知道康纳他们现在在什么地方，是否已经脱离了危险，还是……

"看来那个土著小男孩把他家里所有的水果都拿来给你们了。"尤利西斯·摩尔十分惊讶地说，"你们应该给他留下了一个非常好的印象。"

"不是我们，是她。"穆雷指着米娜说道。

土著小男孩之后又来过几次，不过每次只有见到米娜一个人的时候他才敢靠近，不然他就会躲在栅栏后面偷偷地看着屋子。

晚上的时候，村庄里的土著人给了他们一大碗面团一样的东西，让他们直接用手抓着吃，大家也顾不得这到底是什么了，而是选择先填饱肚子再说。

当空中再次挂满了星星的时候，尤利西斯·摩尔这才告诉孩子们关于这座 Z 之城的传说。

"Z 之城可以说一直都是一个奇迹。"他解释道，"它曾经一度被认为是不存在的。而英国著名的探险家珀西·福西特则认为它就是传说中的黄金之城。福西特是一位非常有天赋的冒险家，他甚至比当地人更了解热带丛林，但是在他最后一次出发探险之后就再也没有回到过自己的故乡。没有人知道他究竟有没有来到这里，而和他一同失踪的还有他的儿子以及他儿子的一个朋友。多年以来，许多学者都相信这座 Z 之城只是一个传说，而福西特根本就是一个疯子，但是他们都错了，这座城市确实存在，就在这里的亚马孙雨林之中，而且在城市的中心地带曾经存在过一个非常古老的文明。你们不要只看这个村庄今天的样子，Z 之城

在印地会统治整个虚幻之地之后衰败了不少。在此之前，虚幻之地的人们可以拥有自由的思想，你们可以想象一下当时的样子：整座城市都是由木头建造而成，其中甚至还有架在半空中的街道和桥梁。那些主要的建筑物表面都贴着金片。直到今天，那些部落酋长的屋子里仍然保有着那些从损坏的建筑物上取下来的金子。"

"金子？"穆雷问道，"你是说在这个村庄里还藏着……宝藏？"

"确实有一些留下来的东西……"尤利西斯·摩尔回答说，"你们不要用那种眼光看着我，要想带走这些财宝是非常困难的！"

"您是冲着宝藏才来到这里的吗？"肖恩问道。

"哦，不是的！"尤利西斯·摩尔笑着否认道，"财宝应该留在属于它的地方，我来这里纯粹是一场意外，因为我出发的时候是向着北方走的，但是在半路上我遇到了一场暴风雨……"

"和我们遇到的情况一样！"米娜惊叹道。

"黑压压的乌云，然后是十分恐怖的寂静。"穆雷说道，"接着海浪排山倒海地向我们扑来，像这样，先生。"

尤利西斯·摩尔微微一笑。

"我碰到的情况也差不多，所以我只能迫降在了这里，但是很快我就被抓住了。"

"迫降？"米娜问道。

尤利西斯·摩尔有些苦涩地笑了笑说："我乘坐的是一架神奇的水上飞机埃俄洛斯号，是我的一个发明家朋友建造的，它是一架超级轻便的水上飞机，能够像雄鹰一样地在海风之中穿梭，遗憾的是此时此刻它只能躺在那边雨林中的某个地方……"

米娜、穆雷和肖恩立刻想到了弗朗西斯·高尔顿爵士。

"在此之前，我曾经申请过一项超轻水上飞机的专利，那可以算得

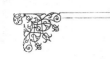

上是我最棒的杰作了，要不是学会的一个成员不久之前借走了它，我应该可以带你们去兜一圈的。"

而且高尔顿爵士也曾经提到过 Z 之城，可问题是他怎么会知道尤利西斯·摩尔来到了这里呢？

"也许他发明了那架水上飞机之后一直都希望来这里探险吧！"米娜解释说，"正如他所提到的福西特一样，也许他也一直梦想着来 Z 之城看一看。"

"你说什么？"尤利西斯·摩尔问道。

米娜摇了摇头，回到了现实中来。"没什么，没什么！"她这才注意到穆雷正好奇地看着自己。

看来穆雷也和自己有着相同的想法。

肖恩似乎无法跟上两人的节奏，在他看来虚拟皇家地理学会的事情就像是发生在几个月之前一样。在虚幻世界中，时间如同一个调皮的精灵，一直在和他们开着各种玩笑，令他们出现某些错觉。

"一架水上飞机……"穆雷嘀咕着，他的脑海里突然闪过了一个新的想法，"如果有一架水上飞机的话，我们就可以做许多事情了。"

"但是如果对于一架已经损坏的水上飞机来说，许多事情是做不了的。"尤利西斯·摩尔提醒道。

米娜笑了笑，"但是有一架损坏的水上飞机总比没有好，您觉得呢，先生？因为损坏的东西总会有办法来修理。"

穆雷从米娜的脸上看到了那股熟悉的自信。

"看来你已经胸有成竹了。"穆雷说道。

而米娜则缓缓地点了点头。

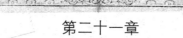

第二十一章

水上飞机

有些土著人希望表现得更绅士一些，
有些绅士却希望表现得更像土著人一些。

在忙碌了大约一个小时之后，康纳终于将墨提斯号上的一个漏洞给补上了。这时一个长长的影子出现在了离他不远的沙滩上，康纳眯着眼睛，对着刚升起的太阳抬头望去，一个头发卷卷的土著孩子就站在他的面前，咧着嘴，露出天真的笑容。"你是从哪里冒出来的？教授！"康纳大声喊道，同时视线一刻也不离开小男孩，"教授！您快过来看一下！"

加里比教授满头大汗，头顶上还绑着一块潮湿的树皮用来遮挡太阳。在听见了喊声之后，他一步一跳地踩着已经有些发烫的沙子走了过来。看见一个老者用如此奇怪的姿势走路，土著小男孩顿时大笑起来。

"喂！我说！有什么好笑的？"教授有些生气地问道，"你是从哪里冒出来的？"

"从那里。"康纳回答说，随后他心里还补充了一句，"就是我们进去搜索过好几次，但是一无所获的地方。"两人选择在尽可能保证墨提斯号安全的情况下轮流去丛林里巡视，看看能否找到他们的伙伴，当然，整个过程他们都是十分谨慎的，一旦感觉到有任何异样的话便会立刻返回。毕竟，想要找到伙伴们的前提是他们自己先存活下来。

加里比教授蹲下身体，注视着土著小男孩的双眼。

"他看上去好像并没有恶意。"教授说道，"我们有什么东西可以给他的吗？"

"你们把我们的伙伴带去了哪里？"康纳则有些凶巴巴地问道，"你们把他们藏到了哪里？对他们做了些什么？"

土著小男孩不再嬉皮笑脸，扬起手挥了挥手上的东西。

"那是什么？"教授看了一眼康纳问道。

小男孩再次恢复了笑容，伸出手来。两个人这才看见他手上拿的似乎是一张字条。

"听话，让我看一下。"康纳对男孩说。

"先别动！别贸然靠近……"教授看了一眼不远处的丛林制止道，"有可能是一个陷阱！"

土著小男孩非常好奇地看着教授，嘟了嘟嘴，不过他似乎并没有离开的意思，而是站在原地一动不动。

"你是一个人过来的吗？"加里比教授对着男孩指了指丛林比画着问道，"一个人？"

但是土著小男孩并没有回答。

这下子康纳感到有些头疼了，他揉了揉自己的太阳穴。目前他们可以知道的就是丛林里的土著人害怕墨提斯号，不敢靠近，而且墨提斯号所在的位置也已经超出了弓箭的射程，但是如果他们就这样继续留在这里的话根本就无法救出同伴。"我还是冒险试一下吧，教授，希望他们别用弓箭射我。"

"我看这个小男孩不像带着武器。"教授说道，"而且那张字条到底……"

说着，教授蹲下，将双手举高，面对着小男孩。

"教授？"

"嘘……很好，我就在这里，现在你可以把那张字条交给我吗？"他尽可能地放慢语速，用温柔的口吻说道，同时眼睛仍然会时不时地瞥一下不远处的丛林，而在他的身后，康纳也同样举高双手，一动不动，"我们不会伤害你的，我们不会伤害你的，很好……就这样……把手上的东西交给帕帕拉奇吧！"

当教授来到距离小男孩不到一步的距离时，他小心翼翼地伸出手，而土著小男孩则将字条扔在了地上。

"很好……很好！"教授从地上捡起了字条，抖去上面的沙子，"康纳！纸上留下的是米娜写给我们的信息！"

康纳激动地向前冲了几步，吓得土著小男孩连连后退到了丛林和沙滩的交界处。

"上面写了些什么？"他来到了加里比教授的身边，念道：

我们暂时被困在了森林中心地带的一个部落村庄里，不过所有人都很安全。同时我们也找到了尤利西斯·摩尔，他和我们被关在一起。他是乘坐着一架水上飞机来到这个地方的，而那架水上飞机现在应该就藏在森林中的某个地方，希望你们可以尽快找到它！这个男孩会帮助你们的！你们可以信任他！

——米娜和其他人

两个人读完了字条上的内容，看了一眼站在沙滩和树林交界处的土著小男孩。

"您刚才说的帕帕拉奇是什么意思，教授？"康纳低声问道。

"我们就是帕帕拉奇呀。"教授回答说。

"这是什么意思？"

"在一本 20 世纪出版的书中就用这个词语来指我们白人，这个词原本来自萨摩亚语。在这本书里描写了许多关于文明人和善良的野人之间的故事，当然，这里面所谓的'文明人'和'善良的野人'都是嘲讽，故事也基本都是假的。"

"难道您不相信野人当中也有善良的人吗？"

"不，我只是觉得在我看来用野人来称呼他们，而用文明人来称呼我们不太合适，康纳……至少在这里不能这样。"加里比教授调整了一下头顶上的树皮，说道，"所谓的文明只是我们去看待这个问题的角度而已。"

"所以我们现在的角度是怎样的呢，教授？"

小男孩跑进了丛林里，然后转头看着两人，见他们并未有所行动，再折回来，引导着两人向丛林的方向去。

"我们要跟过去吗？"

他们面面相觑，教授指了指丛林说："在这里，我们才是原始人，因为我们根本不了解这个地方，既脆弱又无知，即便是被虫子咬一口，也有可能因为得病而丧命。"

康纳点了点头，转身带上了那把信号枪和三枚信号弹。

"既然如此的话，我们就尽可能避免被毒虫叮咬，您说呢，教授？"说着，他将教授拉起，两个人一起跟着小男孩进入了未知的丛林中。

土著小男孩跑着走在两个人的身前。

而康纳和加里比教授则速度要慢上许多，他们路上得要避开泥土上的坑坑洼洼、大树的树根，还得当心那些容易割到自己耳朵、嘴巴以及眼睛的各种树叶。

"等等，小家伙，你跑慢点！"康纳时不时地提醒着小男孩，同时他自己的脑袋里塞满了各种名词：伙伴们、部落村庄，以及他们一直在寻找的神秘的尤利西斯·摩尔，他们和拉里·哈斯利、瑞克·班纳、暴风雨以及那艘撞击墨提斯号的潜艇（有可能是为了给他们指明一条正确的道路）之间到底有什么关系？每次一想到这里，他的思绪就断掉了。

康纳抬起头，看到他们的那位小向导一直在他们前方十来步左右的地方，仿佛根本感觉不到任何障碍似的。

"问题在于我们的头脑……"教授又一次滑倒在地，"我们头脑里有着太多的杂念，而这些杂念会干扰到我们的思考能力和行动能力，所以这片雨林能够感知到我们的到来，它在抗拒我们。"

康纳赶紧把教授扶起来，当然，他说得很有道理，可是除此之外他们似乎也没有更好的方法了。

"加油，我们继续前进吧！"

两个人慢慢学着集中精神，摒弃杂念，专注于自己的手和脚。土著小男孩十分灵巧地穿梭在泥地、河流和树丛之中，脑袋在树叶之间时隐时现，指引着方向，而两位白人则屏住呼吸，加快脚步跟着他。

大约一个小时之后，三个人来到了一处长满苔藓的矮墙前，康纳看了一眼上方，转向了土著小男孩。

"我们是要从这里上去吗？"他一边问，一边用手比画着攀爬的动作。

小男孩露出他标准的灿烂笑容，摇了摇头，然后弯下腰，从下方钻进了藤蔓中，用手敲了敲墙壁，发出清脆的响声。

"哦，这可是来自文明世界的声音。"加里比教授立刻笑着趴下来。

康纳这才意识到眼前并非一堵墙壁，而是一块防水油布，在苔藓和油布的下面，正是……

一架破旧的水上飞机。

"哦，没错，没错，没错！"康纳兴奋地大喊起来，将土著小男孩吓得后退了两三步，"您过来看一下，教授先生。"

于是，两个人顶着烈日，在闷热的丛林之中，缓缓揭开了油布，而土著小男孩则在两人的周围蹦来跳去，如同一只活泼的小猴子一样。水上飞机的一根翅膀已经断成了两截，同时底部的木头起落架损毁比较严重，不过总体上来说，飞机的状况还算可以，至少比墨提斯号要好一些。

加里比教授先是蹲了下来，仔细检查了一下飞机腹部所有的铆钉和铰链，然后又查看了一下机翼上的螺旋桨，令他感到欣慰的是，两侧的螺旋桨似乎并没有损坏。整架飞机的做工十分精细，令人赞叹，在机身两侧靠近头部的地方刻着几个蓝色的字母：EOLO。

"谢天谢地！"教授如同见到了一位久违的友人一般拍了拍飞机说，"埃俄洛斯，波塞冬之子，也被称为风之神！终于找到你了，老伙计。"

"那这个机翼怎么办？"康纳问道。

"只要花点时间，总有办法修好的。"教授说着，一边环顾着四周，寻找着他们的那位小向导，"那个小男孩去了哪里？"

康纳在一棵大树上看到了他，"他在那上面，一直看着我们呢。"

"很好。"教授说，"那让他先下来吧，告诉他我们也有一张字条要交给米娜。"

见到康纳似乎有些不解，教授继续说道："既然他可以把米娜的字条带给我们，当然也就可以把我们的字条带回给米娜。"

"那我们写些什么呢？"

"就说我们已经找到了埃俄洛斯号了，机翼有些损坏，需要一些时间来修理。还有，好吧，我想他们应该能想到办法自己逃出来。目前来说，我们唯一缺少的是……"加里比教授挠了挠自己的脑袋。

"是汽油吗？"康纳问道。

加里比教授检查了一下水上飞机的发动机，而康纳和土著小男孩则好奇地看着他，最后，教授点了点头。

"你说得没错。"教授有些无奈地说道，"但是你知道吗？也许那些随着暴风雨一起漂到沙滩上的各种杂物能够帮上忙。"

"怎么说？"康纳疑惑地问道。

"我们来分工一下吧，你来应付这个土著小男孩，想一想怎样写那张需要交给米娜的字条，如果可能的话，最好能够想办法套出他们的村庄在什么位置。"教授看上去十分胸有成竹。

"那您呢，教授先生？"

"我得设计一套精彩的化学实验了。"教授回答说，"会用到木头、塑料……和其他所有能够用到的东西。"

"化学实验？"康纳看上去有些难以置信。

"是的，一场化学实验！"加里比教授重复了一遍，自信满满。

第二十二章

反抗军集结

有些人缺席，
不是因为不想参加，
而是有着不得已的原因。

基穆尔科夫的邮局已经先后向各地派送了三次信函，答复的人开始渐渐增多。

这几天的准备期间，朗·约翰·希尔弗已经被任命为了小镇的代理镇长，所有的事情似乎都在朝着正轨发展，大家都期待着第一次反抗军集会在基穆尔科夫举行。

这座海边的小镇慢慢地恢复了生机，如同一棵遭受干旱而奄奄一息的老树，遇到了一场春雨。

越来越多的屋子打开了大门，迎接着新的来客，街道上、镇中心、港口，人气渐渐增加。查帕面包房不知道什么时候也再次开门了，从一开始的一天仅营业几个小时，到整个白天，再到后来连晚上都要加班加点制作脆饼、面包和甜品。

在岸边，渔民和船员们见面之后会相互点头致意，时不时地也会交换一些八卦传闻，像是前一天的晚上又有哪艘船遇到了危险，谁和谁谈起了恋爱之类的。

伴随着反抗军集会日期的临近，人们的好奇心也与日俱增，集会上到底会谈些什么呢？会有哪些决定出炉呢？

码头上，各种各样的气味混合在了一起，海盐味、烤焦的脂肪味、鱼腥味、胡椒味、烟草味以及调料味，除此之外，还有男人和女人的汗水味、火药味、威士忌味和晒伤的皮肤味。街道的两侧插着一些火把，指引着通向集会会场的道路。

"小子们！"朗·约翰·希尔弗摸着自己的胸口喊道，"去把吃的准备好，然后放一些木炭到壁炉里去！我可不希望今天晚上开会的时候有人挨冻！"

话音刚落，一群嘴巴上仍然残留着面包屑和饼干屑的小孩子一下子站起身来，吵吵闹闹地冲向了风之旅店，仿佛帮朗·约翰·希尔弗搬运木炭是世界上最有意思的工作。

在灯塔的高处，泊涅罗珀看着这些孩子如同忙碌的蚂蚁一般跑来跑去，莞尔。但是这样的笑容却无法掩盖她眉间所露出的忧郁。

涨潮了，海面之上，一团紫色的雾气从西边（也就是墨提斯号离开的方向），向着小镇缓缓推进。站在灯塔之上，泊涅罗珀连一丝海风都感觉不到，而这也是她最担心的。仿佛在一切平静的表面之下，有一股看不见摸不到的暗流在涌动。

泊涅罗珀·摩尔的视线离开了大海。

那几个孩子和加里比教授那边还没有任何消息，尤利西斯·摩尔那边也同样杳无音信。随着反抗军人数的逐渐增多，她应该怎么办？

这时，摩尔夫人突然感到了一阵孤单。自己的力量再加上朗·约翰·希尔弗，以及他所招来的那些水手，仍然是无法对抗虚幻印地会的，因此他们还需要孩子们的帮助，还需要穆雷的帮助。

而她自己也需要尤利西斯的陪伴。

想到这里，她叹了口气，轻轻地揉着自己的额头。

在她的身后，播音台里发出了轻微的嗡嗡声，等待着她的发言。

"来一杯热茶吗？"一个声音问道。

迪斯科·特鲁普走进了房间，手上小心翼翼地提着一壶热水。"现在可不是丧气的时候，泊涅罗珀。"说着，他挪开了广播设备边的几本书，给茶壶和茶杯腾出了空间。

这番话令摩尔夫人感到些许安慰，她点了点头，坐了下来，"你说的没错，一杯热茶确实是一个不错的主意。"

迪斯科·特鲁普从口袋里掏出了烟斗，拿在手上，但是却并没有点燃。

"如果你想要抽烟的话请自便。"泊涅罗珀说道，"我不会介意的。"

"哦，我不需要的。"迪斯特·特鲁普用长满老茧的双手摆弄着烟斗，如同在把玩一件心爱的宝贝，"有它在我的身边，我就会感到非常踏实，虽然我已经不抽烟了。"

泊涅罗珀点了点头，"一位经验丰富的水手居然会不抽烟，看来时代确实改变了。"

迪斯科·特鲁普听了之后发出一阵爽朗的笑声，也许是太过于投入了，笑声很快就变成了一阵咳嗽。"时代是不是改变我不是很清楚，不过我的肺确实改变了不少哇！"他一边用拳头捶着自己的胸口，一边说道。

泊涅罗珀理解地点了点头，然后优雅地喝了口茶，眼神有些涣散地看着茶杯。

老水手指了指广播设备，"如果你不想发言的话，我可以去把玛格丽塔叫过来，"他说道，"或者另一个小女孩，叫什么来着？马缇德？"

"是叫马缇达。"

"嗯，马缇达，如果你愿意的话，我也可以把她叫过来，讲另一个故事。"

泊涅罗珀摇了摇头，虽然她感到很疲惫，但是现在还没有到可以休息的时候。

"不，今天就不讲故事了，迪斯科，议会大厅的会议室准备好了吗？"

迪斯科点了点头，"全部准备就绪。"

泊涅罗珀解开头发，然后重新扎了起来，接着她看了一眼玻璃窗上映出的自己的身影，暗暗为自己打气。

随后她拿起了麦克风。

"基穆尔科夫的各位反抗军伙伴们，在此我仅代表我的丈夫尤利西斯·摩尔，代表这座小镇做这样一个发言。曾几何时，这个世界上的虚幻之地是如此安全和繁荣；曾几何时，你们各位都可以活出自己的故事，成为传说，让别人去讲述；而现在，想象力，这一让我们赖以生存的条件，却成为某些人来压迫我们的最大武器，但是，我们并不会屈服！"

街道上和议会大厅里，一部分人停下了手中的工作，开始倾听。

"虚幻印地会的爪牙正在寻找着我们，寻找着基穆尔科夫的反抗军，他们已经停止了继续摧毁剩下为数不多的几处虚幻之地，而将力量全部投入搜索之中，被诅咒的黑色舰船在海上四处漂荡。而这一切都是为了一个目的，就是找到我们。但这种做法只说明了一件事情，只有一件事情……"

一些坐在风之旅店里的海盗相互之间碰了碰手肘，因为他们很清楚答案是什么。

"说明他们害怕了，基穆尔科夫的各位反抗军伙伴们，说明他们正在害怕我们。"

朗·约翰手下的那些小孩子双腿交叉，盘坐在会议大厅门口的街道上，抬着头，望着灯塔的方向，被广播里传来的那个低沉而坚定的声音所震撼。

"虽然印地会有着成百上千艘战舰，有着尖利的武器，有着一群不明真相却愿意送死的士兵，但是他们害怕了，他们害怕我们所有的反抗军战士以这个微不足道的小镇作为据点，同心协力地来挑战他们！确实，他们的担心没错，我们就是要挑战他们！"

朗·约翰·希尔弗站在会议室的门口，伸手摸了摸自己的大胡子，饶有兴致地听着摩尔女士的发言。这位女士的演讲确实很有激情，他自己似乎也有些被说服了。

"那些跟随在拉里·哈斯利身边的人自己都不知道为什么要这样做，

也许是为了钱，也许是他们习惯于服从，也许是他们根本就没有别的选择。对于他们我表示同情，就像我同情那些自己生活的世界正在被摧毁的人一样，就像我同情那些正在遭受着压迫却不自知的人一样。毫无目的地杀人并非是一件值得自豪的事情，相反，在我看来，他们很弱。而我们不同，基穆尔科夫的反抗军同伴们，我们有一个明确的目标，我们并非是服从某人的命令而斗争，也不是为了让他人屈服于我们的力量而斗争，我们的斗争有着更为重要的意义。没有人有权利对于我们下一次的航线去指手画脚，没有人有权利去代替我们思考、代替我们想象，我们要去争取属于每一个人的自由！"

会议室中传出了阵阵激动的叫好声，有些人甚至已经感动得落泪。

"从已经被控制了的蓝色之海航线中夺取我们的自由，从暴力和军队中夺取我们的自由，现在，这个时候已经到了，所有聚集于此的人都是为了这个目标而努力，所有人都已经做好了牺牲的准备。在此，我邀请各位前往基穆尔科夫的议会大厅，在那里，朗·约翰·希尔弗先生将会向各位解释我们的作战计划。我们绝不会在这里坐以待毙，我们会主动出击，攻击敌人的弱点，夺回原本就属于我们的东西！"

第二十三章

印地会军团

餐桌上有餐桌上的礼仪。

夺回原本就属于我们的东西！

拉里·哈斯利坐在一张六角形的巨大餐桌边上，恶狠狠地瞪了一眼边上的收音机。

"快把它关上！"杰奇尔夫人命令道。

泊涅罗珀·摩尔的声音突然中断了，大厅里除了轻微的回声之外，再次陷入了安静。

瑞克就坐在哈斯利和杰奇尔夫人的边上，他竭力地克制自己，避免出现任何情绪上的波动。泊涅罗珀的讲话触动到了他的内心深处，令他相信自己不是一个人在战斗。

基穆尔科夫的反抗军正在行动。

虽然他不知道反抗军接下来会有怎样的行动，但是他相信他们不会让自己等太久！

杰奇尔夫人看着面前这位囚犯的表情，很好奇他的心里到底在想些什么，虽然瑞克·班纳的脸上似乎毫无波澜，但是却看得出他的眼神中充满了刚毅和力量。

在经历了长时间的拷问之后，瑞克·班纳并没有屈服，哪怕一点点，他没有招供反抗军隐藏的位置，也没有任何的犹豫或是害怕。

这令杰奇尔夫人的心中逐渐产生了一种好奇，甚至是敬佩之情。而且，更令她感到不解的是她竟然从首领拉里·哈斯利的脸上看到了恐惧，虽然只是稍纵即逝。

"真是一次十分精彩的演说呀！"哈斯利有些尖酸地评价道。他打开了自己面前的餐盘盖子，里面放着两块没有任何调味的三文鱼和两片白面包。

瑞克·班纳看着桌子上热气腾腾、摆放精美的食物，感到十分困惑。为什么哈斯利会让自己坐在这里？仿佛从某一个时间点开始，拉里·哈斯利只是将他当作一位普通的客人来对待。

"你只管随便吃好了，不用客气，瑞克·班纳。"哈斯利一边说着，一边机械地咀嚼着三文鱼，似乎根本就没有在品尝菜肴的味道。

而一路上挨饿过来的瑞克也没有客气，放着自己面前的食物不动，直接从杰奇尔夫人面前的餐筐里取了一片面包。

"我们可没有在你的菜里下毒哇！"哈斯利看到瑞克的举动后并没有生气，反而被逗乐了，"你看看，韦斯克斯，"他对着坐在腿上的兔子说道，"班纳船长竟然害怕我们在他的菜里下毒害他，你说好笑不好笑？"

瑞克·班纳并没有理会哈斯利，不慌不忙地挖了一大块黄油，涂在了面包上，然后送入嘴里，慢慢地咀嚼，如同在品尝一道人间美味，同时，他的视线始终都没有离开桌子边的另外两人。

拉里·哈斯利笑着说："桌子上有那么多美味可以吃，结果你只选了面包和黄油？难道说海上的旅途把你变成了一个野人？这样说来的话，明天早上我们会不会看到你像一只猩猩一样吊在外面的路灯上呢？"

瑞克仍然面无表情地咀嚼着嘴里的面包，心中暗想：刚才拉里·哈斯利提到了明天早上，也就是说今晚我还会继续留在克罗姆了。

"请你告诉我一件事情，瑞克·班纳。"哈斯利将叉子放在了吃到一半的三文鱼上，说道，"你真的觉得反抗军有可能会战胜我的军队吗？他们打算怎么做你知道吗？我希望听到一个诚实的回答，这是一个只属于我们两个人的对话。"

瑞克·班纳看了一眼杰奇尔夫人，并不是为了希望得到她的建议，而只是想要再取一片面包而已。杰奇尔夫人并没有说什么，而是任由瑞克这么做了。

"如果你仔细想一下的话，瑞克·班纳，你觉得这些所谓的反抗军一下子都疯了吗？"哈斯利继续说道，"既然他们没有疯，他们怎么会觉得有可能获胜？那个疯婆娘到底说了些什么才给他们洗脑了？他们现在想要怎么做呢？我很好奇，瑞克·班纳，我真的很好奇。"

瑞克仰头喝了一大口水，将嘴里的面包咽下去。

"我觉得他们可以做到。"他抹了抹嘴说。

"嗯？"

"他们可以做到。"瑞克·班纳简单地重复了一遍。

拉里·哈斯利苍白的脸颊微微有些发红："你听见了吗，韦斯克斯？你听见我们的瑞克·班纳船长刚才说的话了吗？

他说他的那些反抗军小伙伴可以做到，我可真是被搞糊涂了！他们可以做到什么？在家种地吗？出海捕鱼吗？还是说他们还懂得行军打仗？"

瑞克·班纳靠到了椅背上，一脸不屑地环顾了一眼四周。

"他们可以取胜！"他说了一句。

"啊！这可真是吓到我了，瑞克！这可真是吓到我了！"哈斯利说道，"我原本还以为在你的脑袋里能够有一点点智慧，现在看来是我错了，你的脑袋就是木头做的！"

杰奇尔夫人缓缓地给自己倒了一杯红酒，她注意到自己的手有些微微颤抖。她有些不满，对于首领的一些做法她感到不满，对于首领说话时的语气她感到不满，对于首领那种依靠金钱来收买所有人的做法她感到不满。首领总是在对瑞克重复着一些无谓的问题，如同一个孩子在拼命掩饰着自己的弱小一样，如同一些动物希望通过虚张声势来吓唬对手一样。

"那你觉得他们会怎么做呢，瑞克·班纳？告诉我，一帮散兵游勇要怎么做才能够打败我所拥有的一支武装到牙齿，而且根本不怕死的军队？"

瑞克·班纳看着拉里·哈斯利的脸，那双冰冷的双眼已经不会像刚才那样令他震撼了，剩下的只是空洞的眼神。

拉里·哈斯利疯了。

他是一个疯子。

"他们有着反抗的信念。"瑞克平静地说道。

拉里·哈斯利突然爆发出一阵歇斯底里的笑声，这令杰奇尔夫人尴尬到坐立不安。

"反抗的信念？"他学着瑞克的语气重复道，"当然，我亲爱的班纳船长，当然！那这种信念在战场上又能把我怎样呢？"哈斯利绕着房间手舞足蹈地走动着，"所有的虚幻之地几乎都已经被我占领了，不管是梦想之港，还是黑暗之港，现在都是我的，都是印地会的。我的人监管着每一艘进进出出的船只，你说说，他们打算怎样在这场游戏中战胜我这个游戏规则的制定者呢？"

杰奇尔夫人饶有兴致地看着瑞克，等待着他的回答。

但是，瑞克·班纳选择了沉默。

"首领，也许他们觉得这场游戏已经和之前不一样了。"杰奇尔夫人自言自语道，这令两个人的视线同时转向了她。

如果这场游戏真的已经和之前不一样了的话，也许我该好好考虑站在哪一边了……她的脑海中给自己补充了一句。

与此同时，在虚幻之海的另一边，海德夫人的心里也在想着同样的事情。

在见到了印地会新派到黑暗岛来的负责人时，她整个人从上至下都感到了一阵恶心，因为这个人从来就没有让她有过哪怕一丝的好感。

奎普。

他的整张脸都是向左扭曲的，一头黑发仿佛从来都没有洗过一样，满脸伤疤，下巴上没有刮干净的胡子又短又硬[*]，不仅如此，在两个人见面之后，他还非要踮起脚和海德夫人相互贴面行礼。

"您今天真是太漂亮了，我的夫人。"奎普双眼直直地盯着海德夫人说道，"真是太漂亮了。"

海德夫人不自觉地裹紧了衣服。"你把该带的东西带来了吗？"她问道，眼睛并不直接看向奎普的那张脸。

"哦，当然，我的夫人。"奎普语气有些轻浮地说道，"老奎普可从来都不会忘记要带的东西。而且，我的夫人，请允许我多一句嘴，这个东西应该是非常重要的，老奎普说的对不对？"

"我没有理由回答你的这个问题。"海德夫人简短地说，然后接过了奎普递过来的包裹，当着他的面打开。

里面是一个灰色的塑料士兵，和其他的士兵一样，上面写着"亚特兰蒂斯"的字样。

"首领特地关照说这个新型士兵需要立刻投产，我的夫人。"奎普说着，伸手去碰海德夫人的手，而海德夫人则像触电一样立刻缩回了手。

"我知道了，马上会安排的。"海德夫人说完，转身准备离开，"现在你也可以走了。"

奎普看着夫人在斗篷底下若隐若现的曼妙身姿，伸出舌头舔了舔嘴唇，然后也离开了。

---

* 注：这个人物的描述十分像查尔斯·狄更斯在其小说《老古玩店》中的人物丹尼尔·奎普。该小说于1840年的时候在《汉普雷老爷的钟》周刊上连载。

黑暗岛上的工厂是一幢十分雄伟的建筑，两根白色的烟囱高耸入云，如同一头史前巨兽的双角，令人震撼。

在工厂的内部，生产车间是一片长方形的空间，里面至少可以同时容纳十艘战舰并排摆放。而在车间的另一头，是一排小一些的房间，分别是仓库和别的区域。整个厂房的地面、墙壁和天花板都是用水泥和沥青做成的。

机器设备的轰鸣声震耳欲聋，恐怕没有人能够在这种环境下待上半个小时。

事实上，也没有人真的这样试过。

"长官好！"一个工厂的员工在见到了海德夫人之后大声招呼道。员工身穿一套制服，上面挂着一枚印地会的胸章，头上戴着一副防护耳罩。

海德夫人冲着他点了点头，径直走向了车间另一头的房间。这时，有人给她递来了一副耳罩，不过海德夫人并没有戴上，因为耳罩上残留着一股汗水的酸臭味。

黑暗岛的工厂生产的可不仅仅是电，还有"人"，一种非常特殊的"人"。海德夫人来到了一条巨大的流水线前，这条流水线看上去结构十分复杂，由传送带、混合液池、压铸机、成型机和烘干机组成。

在流水线的头部有一套模具，里面摆放着一个初始模型，这也是那个将会被量产的原型。而在经过了一整套流水线的加工之后，就会有无数个尺寸和真人差不多大小的成品从传送带上运出来。

这就是灰人，和原型完全一模一样的产品。

如同是小孩子的玩具。

在流水线负责人的指导之下，海德夫人将原来模具里的"水手"换成了奎普带来的"士兵"。

负责人合上了模具之后问道："我们需要生产多少个？"

"我们能做几个？"

负责人说了个数字。

"全部都做了吧。"海德夫人命令道。

负责人按下开关，印地会的这条士兵流水线开始发出隆隆的轰鸣声。

第二十四章

铁翼飞鸟

有时候，一件事情是否能成功，
取决于你能不能在正确的时间去正确的地方。

在热带雨林中，一位土著小男孩正在不停地奔跑着，往返于两地之间传送字条，其中一个地方是曾经 Z 之城的土著部落，而另一个地方则是康纳和加里比教授的所在地。

看得出来，小男孩对于整片丛林都了如指掌。同时，在树林里，各种猎物与狩猎者之间的竞争似乎并没有被男孩的脚步所打扰，一切都在悄无声息之中进行着。

在食人族的部落里，几位负责看守的成年人对于小男孩一直在帮助这些白人的行为并没有做过多干涉，反倒是饶有兴致地看着他们每一次收到字条之后不同的表情。

直到几天之后，小男孩终于鼓起勇气，拍着自己的胸脯说道："拉姆。"

从此之后，大家便知道了他的名字。

在沙滩上墨提斯号的阴影中，康纳和加里比教授正在做实验的准备工作，他们收集来了木材、树枝、野草、甘蔗的残渣，并从墨提斯号上取来了一口大锅、一些布条、一个盖子、一根铜管和一个大箱子。

"所有含纤维素的植物都是可以被转化为燃料的。"加里比教授一边在纸上字迹潦草地画着蒸馏装置的草图，一边解释说，"因为植物中的纤维素分子在分解之后会形成糖，而这种糖在特定的条件之下能够转化为生物乙醇，简单点说，就是汽油的替代品。"

两个人在大锅中倒满水，将收集来的各种植物放入其中，然后在锅盖上挖了个孔，将铜管插入其中，并用布条包严实，用来收集蒸气。随后，他们将铜管折弯之后直接穿过盛有海水的箱子，并在管口收集流出的透明液体。

尽管他们的设备十分简陋，不过几天之后的结果似乎还是令人满意的。

约定的日子很快就到了，穆雷看着树上正在迅速下移的太阳，轻轻地说了一句："开始行动吧。"

"加油！"肖恩打气道。

"我们走！"米娜附和着。

尤利西斯·摩尔跟着三个孩子来到了他们平时洗澡的泉水处。几个人感到嗓子有些干燥，同时心跳得飞快。

天空从红色慢慢变成了紫色。

不知名的小鸟在树枝上叽叽喳喳地叫着，水面上十分平静，连一丝涟漪都看不到。

四个人缓缓地走进水中。在他们的脚下，两三条小鱼似乎被惊扰到了，迅速地游开。

他们在等待着。

有几个土著人对着他们指了指天空，意思是让他们尽快回到自己的屋子里去，丛林的夜晚很快就要降临了。

"知道了，知道了，我们马上回去！"穆雷回答说。

而另外几人则仍然抬头看着天空。

一大群蚊子围绕在孩子们的头上，发出嗡嗡的声音，同时尤利西斯·摩尔则有些担心地看着村庄的中间，总有一些土著人对着他们这里指指点点。

"恐怕我们不能在这里停留很久了。"

这时，一个土著人朝着孩子们的方向喊了几声，像是在命令着什么，尤利西斯·摩尔嘀咕着："果然不出我所料。"

"他说什么？"

"马上离开那里！"尤利西斯·摩尔回答说。

"快点，伙伴们！"穆雷握紧拳头有些着急地说，"快点……加油哇！"

尤利西斯·摩尔举起双手，作势缓缓地走向河岸，正在这时，一阵连续的响声从森林的那边传来。

树木开始颤抖，轰鸣声由远及近，越来越响。

穆雷的双眼一下子发出了光芒。

刚才还在对着孩子们发号施令的那个土著人抬起头望向天空，寻找着声音的来源。

天空中出现了一只巨大的飞鸟。

一只由钢铁和木头做成，心脏依靠汽油来驱动的飞鸟。

它的双翼如同两把刀片一样划破天空，身体上还画着奇怪的标记，双爪像是两根平放的长矛一样贴在架子上。

村庄里的土著人感到既好奇又害怕，纷纷躲到了庇护场所，只有几个孩子仍然留在泉水附近。

一个年轻的猎手搭起长弓，取来毒箭，瞄准了空中的怪物，不过刚才发号施令的那个土著人喝止了他。

"很好！看来他们以为那架飞机是天神派来的！"尤利西斯·摩尔一边说着，一边再次回到了水中。

"这架飞机实在是太酷了！"肖恩抬着头，看着空中的埃俄洛斯号赞叹道。

当飞机靠近几个人并开始减速之后，尤利西斯·摩尔、肖恩、米娜和穆雷一头扎进了水里，开始用尽全力向前游去。

土著人眼睁睁地看着飞机咆哮着从天而降，然后从肚子下面又伸出了几个白人的脑袋，直到这时，那个土著猎手的头头才意识到这并非什么神明，而是那些白人派来的会飞的怪物。

但是似乎一切都为时已晚。

水上飞机缓缓地降落到了河流上开始滑行，发动机发出如同咳嗽一般的突突声。米娜和肖恩率先抓住了起落架，并登上了飞机。而这时，意外发生了，身后的穆雷和尤利西斯·摩尔手上一滑，并没有抓紧架子，而是直接掉落到了水中。

　　"穆雷！"康纳坐在驾驶舱内大声喊道。

　　飞机只得再次加速起飞，并冒着将孩子们甩出去的风险，在空中完成了一个掉头，然后第二次尝试救出剩下的两个人。

　　但是这次事情似乎没有那么顺利了，村庄里的土著猎手纷纷开始行动起来，其中有一个人直接跳进了河里，伸手去抓穆雷，企图将他压到水下。

　　"孩子！不要！"尤利西斯·摩尔喊道。

　　"唔……咕……放开我！"穆雷在水中拼命挣扎着。

　　"快放开他！"尤利西斯·摩尔大喝道，头顶上的水上飞机再次接近，他们必须抓住飞机的起落架，因为没人能够保证同样的动作是否还能够做第三次，"快放开他！"

　　在距离水面只有几米的地方，水上飞机放慢了速度，起落架轻轻地拍打着水面。在这千钧一发之际，那个土著人似乎一下子被什么东西掐住了脖子，松开了抓住穆雷的双手。

　　"拉姆！"米娜喊道。

　　土著小男孩双手紧紧抱住猎手的脖子，同时用手去抓那人的脸，如同一头小猎豹一般勇猛。

　　与此同时，尤利西斯·摩尔和穆雷挣脱束缚，对着空中伸出双手。

　　终于抓住了，飞机里的众人抓住两人的手，将他们从水里拖了出来。

　　米娜和肖恩将两个人拉了上来之后，直接如同沙袋一样把他们扔进机舱内，令尤利西斯·摩尔的鼻子差点撞上加里比教授的鼻子。

"摩尔先生，我……"加里比教授声音沙哑地说道。

"一会儿再说！一会儿再说！"尤利西斯·摩尔喊道，"我们先赶紧离开这里！"

数支弓箭击中了机舱的外壳，直接被弹开了。

咻！

咻！

咻！

这时，几个孩子突然发现下面的起落架上还挂着一个人。

"拉姆？拉姆？你怎么上来了？"米娜探出头去准备伸手拉住小男孩。

土著小男孩的脸上写满了恐惧，腿上被射中了一箭，他奋力伸出一只手，抓住了米娜的双手。

在地面上，土著弓箭手发了疯一样对着飞机射箭，而埃俄洛斯号如同一头雄鹰一般越飞越高，在箭雨之中离开了 Z 之城，离开了食人族，离开了这片可怕的热带雨林。

一阵冰冷，一阵火热，接着又是一阵冰冷。

小男孩的额头始终被什么东西压着。

他的腿像是被火烧一样灼热。

一个声音传来："拉姆。"

好温柔的声音，是那个脸上一直挂着微笑的姐姐。

"拉姆，你能听见我说话吗？"

他想要张嘴说话，但是整个舌头都麻木而不听使唤了。

他只能睁开一只眼睛，缓缓地将视线移到面前的这个人身上。

"拉姆，"米娜伸手摸了摸小男孩的额头，她的手纤细而柔软，"你

总算醒了，小家伙。"

拉姆吸了口气，想要转动一下身体，却发现自己被固定在了这个铁翼怪鸟的肚子里，同时一条大腿上还缠着绷带，一阵阵灼痛从伤口处传来。

是箭上的毒。

"你会没事的，拉姆，"米娜露出温柔的微笑说，"你会没事的，你真是一个勇敢的英雄。"

Z之城所在的树林越来越小，直到最后，埃俄洛斯号消失在了云间。

第二十五章

自由之风

做实事的人废话不多，
废话多的人不做实事。

不够，还不够……朗·约翰·希尔弗看着聚集在基穆尔科夫议会大厅里的人群心想，虽然少了点，但总比没有强。

人群之中有一部分人他在之前就已经认识了，还有一些他曾经也听到过名字，剩下的那部分则是通过泊涅罗珀·摩尔的介绍才知道的。摩尔女士在人群中应接不暇，十分忙碌，似乎和每个人都很熟。

那个从艾凡赫城堡来的高大威猛的年轻人名字叫罗宾，而正在听他说话的是老船长霍布莱恩。在两人边上站着的是荷兰人范·赫尔辛，看上去他似乎比以前更老了，不过眼光依然锐利。奥贝隆国王和他的妻子提坦尼亚在人群之中看上去有些拘谨，也许是因为关于他们在自己王国里奇怪的统治方式的传闻早已经尽人皆知吧。一位金发女海盗坐在一侧的角落里，如同一只猫一样警惕地观察着在场的所有人，她浑身上下散发着一种特殊的魅力，朗·约翰·希尔弗猜测她有可能是玛丽安娜·奎隆克，著名的纳闽之珠，但是他并没有亲自去询问，而是派了猎犬过去，当他见到自己的手下被那位女子用枪顶在脑袋上之后，他确定了自己的猜测没错。除此之外，会场之内还有一位女士靠在一面盾牌上，她自称为布拉达曼，而她的盾牌上则刻着查理大帝的徽章。

一个穿着红色毛衣的男人，身上散发出一股木头和火药的味道，他告诉周围的人这是科伦迪克金矿的气息，并且说黄金和鲜血是每一个海盗的梦想。

朗·约翰·希尔弗手下的那些小孩子都聚集在了议会大厅的门口，饶有兴致地看着一个满口脏话，一手拿着一把鱼叉，一手提着一个包袱的男人，毫无疑问他就是奎伊格。而正在和他说话的则是另一个赏金极高的海盗艾力斯·杜克沃斯。

除了这几位"名人"之外，这里还聚集着一些其他的人，但是总体来说人数不算太多。

还没有达到朗·约翰的心理预期。

这里有一百五十人？两百人？

就凭这些人有可能战胜虚幻印地会吗？要知道对手光是军官就有上百人，再加上几千人的灰色水手……对此，朗·约翰·希尔弗的心中实在没底。

这时，泊涅罗珀·摩尔已经站上了讲台，并开始了她的演说，"我由衷地感谢各位能够回应我们的邀请。"

在听到了女士的声音之后，所有人都不再讲话了。来自不同地方，有着不同经历的人全都会聚到了一起。

"正如各位所知道的，所有的虚幻之地和虚幻之海正面临着一个巨大的威胁。"摩尔夫人继续说道，"特别是对于那些不愿意屈服这股力量的人来说，更是如此。而这个威胁的名字就是虚幻印地会。一会儿，朗·约翰·希尔弗先生将会更详细地向各位讲述一支来自基穆尔科夫的反抗军小队是如何成功潜入黑暗岛并放火烧掉了敌人的军队和基地的。"

底下的人群里响起了一阵口哨声，并伴随着叫好声和鼓掌声，大家一起扭头望向了朗·约翰，而独腿海盗则以他能够挤出的最美好的微笑作为回应。

"但是我们知道，如果想要真正阻止印地会的推进，仅仅这样是不够的，我们必须奋起反击，给予对方决定性的打击，而如果想要达成这一目标，我们就需要同伴、武器和资源，我们需要成为一个团结的集体。"泊涅罗珀说到这里，眼神扫视了一圈台下的人群，没有人敢讲话，所有人都陷入了沉思，即便是平日里总是嘻嘻哈哈的小孩子们也表情严肃地听着，"也正是因为如此，我们向各位发出了邀请，我们需要各位的帮助来完成一个使命，让虚幻之海重新恢复自由，让我们的世界重新恢复自由！"

一阵微风轻轻吹过了议会大厅。

"我知道这对于各位来说是一个非常艰难的决定,"泊涅罗珀继续说道,"但是请相信我,如果大家想要继续在虚幻之地自由自在地生活,这将是我们唯一的选择。"

"那我们该怎么做?"站在后排的唐·胡安的发问引来了大家的注目。

泊涅罗珀点了点头,像是正在等着这个问题一样,"我们必须重新夺回已经失去的航线和港口。"她回答说,"摧毁他们的战舰,撕毁他们的单方面协议,打破他们所制定的规则,如果在必要的情况下还需要和他们进行战斗。不过在此之前,我们需要先做到灵活多变以避免对方的报复,而且我们还需要构建起自己的秘密情报网络。"

"你希望我们都变成……海盗?"一个泊涅罗珀叫不出名字的人问道。

"做海盗有什么不好?"朗·约翰·希尔弗大声反问道,引来了一阵哄笑。

"我们怎么能做到彼此信任呢?"霍布莱恩船长站起来问道,"在我看来,这个地方可聚集了不少恶棍杀人犯哪。"

布拉达曼拔剑出鞘说道:"难道对你来说杀的人还少吗?"

"如果让他现在去做海盗的话,恐怕先被杀的人是他了吧?"奎伊格挖苦道。

又是一阵哄笑。

"先生们,先生们,"这时一个衣着华丽,看上去不超过七岁的小男孩挥舞着手臂出来打圆场说道,"我想大家来这里应该不是为了相互挖苦吧。"

"但我们来这里也不是为了让一个小毛孩子教育的!"范·赫尔辛

的话让门口朗·约翰手下的那些小孩子笑出了声。

"请大家先安静一下！"朗·约翰·希尔弗瞪了一眼自己手下的那些孩子，然后表情严肃地走到了泊涅罗珀的边上，继续说道，"我相信在这里的每一个人都有着各自不同的人生，而我们来到这里却有一个共同的目的，那就是继续过属于自己的生活！我们现在的情况大家也都清楚，每天都在担惊受怕，哪怕是回到自己的家里也是一样，就怕有一天被印地会抓走之后吊死在树上，你们觉得这种人生还有意义吗？我们每天都东躲西藏，看着自己的伙伴被抓走并折磨致死，这是你们所希望过的生活吗？我们这里有恶棍和杀人犯吗？很好！请站出来，在这个时候我们需要你去消灭敌人！不管你是杀人犯、科学家、贵族还是公爵夫人，这都不重要，因为我们现在都在同一条船上，而且这条船还不是很大。如果我们连下一步怎么走都还没有决定就开始起内讧的话，那么我们的这条小船很快就会翻掉，而这也正好合了印地会的心意！"

"那谁来保证我不会在关键时刻被这帮乌合之众倒戈相向呢？"艾力斯·杜克沃斯的一个手下双手交叉环抱在胸前问道。

"你说什么？"坐在远处桌子边的另一个海盗喊道，"你这个孬种，我看到时候是你第一个先投降的吧！"

议会大厅里顿时乱成一锅粥，到处都是桌椅的拖动声和吵架声，直到最后，一声大喝暂时止住了这场骚乱，发出声音的是一个满脸伤疤、身材魁梧的大个子男人。

"别吵了！"大个子站起身来。他声如洪钟，说话的时候周围的桌椅都在颤抖，只见他身穿一件一直拖到地上的毛皮长袍，两个肩膀如同骆驼的驼峰一样耸起，"各位在座的都是所谓的恶棍和杀人犯，这是因为其他人都已经让印地会给抓走了。所以，我觉得当务之急是先找到印地会的牢房，然后把各位的同伴们都救出来。"

"说得好！"朗·约翰·希尔弗心里十分感谢这位大个子帮他解围。

"然后我们还必须武装起一支像样的船队，我们需要船只和人手。"霍布莱恩船长说道，"所以我们得清点一下我们的人员和船只的数量。"

"关于船只的问题，我已经有了一个计划，"听到这话之后，朗·约翰·希尔弗说道，"对于这个计划，我需要几位勇士，然后还需要穆雷。"

"对了，说到穆雷！"刚才那位金发女海盗玛丽安娜突然打断说，"他怎么没有在这里？"

"还有尤利西斯·摩尔呢？"布拉达曼也附和道，"他人又在哪里？"

"对呀！尤利西斯·摩尔去了什么地方？"

泊涅罗珀在刚才的发言之后休息了一小会儿，而在听到这个问题之后，她的内心感到了一阵绞痛。

"我的丈夫，尤利西斯·摩尔，正在尽全力想办法帮助各位。"女士的声音不卑不亢，"目前我们还不知道他在什么地方，而我也在祈求他能够平安归来。至于穆雷，以及和他一起潜入黑暗岛放火烧掉印地会军队的那些孩子，目前来说，他们……下落不明……"

"下落不明？这是怎么回事？"

"我只知道他们去了距离基穆尔科夫很遥远的地方。"泊涅罗珀低声回答说。

"所以，我们现在该怎么办呢？"范·赫尔辛问道，"是先寻找其他被印地会囚禁的人，武装我们的舰队，还是说……"

"我建议我们可以直接找到拉里·哈斯利住的地方！"埃齐奥提议道，"然后直接攻进他的老巢把他抓来！"

"这个主意不错！"那个衣着华丽的男孩贵族附和道，"只要抓住了他们的首领，印地会自然就会瓦解了。"

"印地会的组织很严密，而且影响力非常大，恐怕要抓住他们的首领没有那么容易。"提塔尼亚女王反驳道，而在她身边的奥贝隆国王则不停地点头赞同，"而且拉里·哈斯利的手下人数众多，每个人都有明确的职责，即便能够除掉首领，也未必就能完全瓦解他们整个组织。"

泊涅罗珀轻轻地点了点头。

"这也不行，那也不行，那你说该如何是好？"身穿红色毛衣的大个子喊了起来，"难道要我们像无头苍蝇一样地去毫无计划地进攻一座座黑暗港吗？这无异于飞蛾扑火！"

朗·约翰·希尔弗和泊涅罗珀·摩尔相互交换了一个眼神。会议的进程似乎并没有想象中的那么顺利，气氛有些紧张，而且大家还没有建立起对彼此的信任，每个人都有各自的想法，很难达成共识，而另外，来自印地会的威胁却已经迫在眉睫了。

泊涅罗珀吸了口气，开口说道："我想，我想现在最好的方法是我们大家分头行动，先生们。每个人回到自己的家乡之后组织起当地的反抗力量，然后其中一部分人负责切断印地会各个地方之间的联络，另一组人负责收集被印地会抓走的那些囚犯的位置信息，还有最后一组人……"

"最后一组人？"艾力斯·杜克沃斯问道，"那最后一组人做什么呢？"

"比如，沏一壶茶。"这时一个新的声音突然打断道。

听到这句话之后，泊涅罗珀的心头一紧，这个久违的声音，已经好久都没有出现在基穆尔科夫了。

"是谁在说话？"朗·约翰·希尔弗大声问道。

没有人回答。

"难道我们的行动已经暴露了？"范·赫尔辛问道，与此同时，那个贵族男孩立刻警惕地四下查看。

接着人群中一阵骚动，慢慢地向两侧散开，留出了一条中间的通道。

只见一小队人伤痕累累地走了进来，像是刚从死神的魔爪之中逃出来一样。

这队人之中有一位身材消瘦、胡子拉碴、满身伤痕的老者，他看着在场的众人，眼神和善，似乎和他们都认识一样。

"很抱歉我们迟到了一点，亲爱的。"尤利西斯·摩尔说着走到了女士的身边，在她的头发上轻轻地吻了一下，"因为我们在路上……遇到了一些小麻烦。"

"你就是穆雷？"贵族男孩对着尤利西斯·摩尔身后的那个男孩问道。

肖恩笑了笑回答说："我不是穆雷，伙计，他才是！"他指了指自己身后的那个人。

议会大厅里再次响起了充满希望的欢呼声。

"请问这里有医生吗？"米娜问道，"我们这里有一位伤者，他就在门外。"

这时，刚才那位身穿皮长袍的大个子上前一步说道："我虽然不是一个真正意义上的医生，但是我有一位医生朋友教了我许多知识，再加上我平时喜欢看一些医学方面的书籍……"

米娜有些害怕地看了一眼大个子，问道："您知道如何治疗箭伤吗？我们只是帮他简单清理了一下伤口，但是对箭上的毒却束手无策。"

"毒箭的伤？"大个子抬了抬眉毛说，"哦，那你不用担心，小姑娘，我应该可以应付得来。"

说完，弗兰肯斯坦医生教出来的这个大个子离开了房间，走向拉姆。

"那么……"这时，尤利西斯·摩尔坐到了泊涅罗珀的身边，问道，"我们有什么计划吗？"

第二十六章

猎物

如果你想让狩猎变得更有趣一些的话，
就应该给猎物多一点自由。

　　团乌云聚集到了克罗姆城堡的塔楼上空。

　　瑞克·班纳抬头望着这团乌云若有所思，他被关在了一个狭小的单人囚室内，四周除了石头和墙壁就没有其他东西了。

　　这时有人敲了敲门，他回过头来。

　　是杰奇尔夫人。

　　窗外寒风凛冽，在这个时候过来探监可不太正常。

　　"又怎么了？"瑞克警惕地问道，"你们又想来审我了？"

　　杰奇尔夫人并没有回答，而是从斗篷下面掏出了几枚硬币和一串钥匙，双眼盯着瑞克。

　　等到瑞克反应过来的时候，他的手中已经多了这些钥匙和硬币。

　　"这是什么意思？"他问道。

　　杰奇尔夫人转向了门外，"今天晚上，你不知道用什么方法打晕了守卫，然后夺走了他的钥匙，跑到了马厩，偷了一匹马，最后逃跑了。"

　　瑞克·班纳疑惑地眨了眨眼睛，"我不明白……"

　　"你不需要明白太多，等到明天早上他们发现牢房是空的时候会去找你的。如果你再次被抓住的话，那他们会杀了你的。"

　　杰奇尔夫人转过头来，看了瑞克一眼，他的身上全是伤痕，面容有些憔悴。

　　瑞克·班纳的直觉告诉他这不是一个陷阱，眼前的这个女人确实在帮助自己越狱，虽然她的真实目的自己还不清楚，但这都不重要。

　　"你为什么要这样做？"他问道。

　　杰奇尔夫人缓缓地向前走了几步。

　　"也许是因为我不是特别讨厌反抗军了吧。"她回答说。

　　瑞克冷冷一笑，"你说你不讨厌反抗军？那你还抓了我们那么多人？"

　　杰奇尔夫人也跟着笑了起来，露出她那整齐洁白的牙齿，"也许我

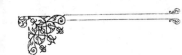

说的不是太准确，应该说我并不讨厌所有的反抗军，其中一部分我还是挺欣赏的。"

瑞克·班纳摇了摇头，杰奇尔夫人的身上散发出一股冰冷而淡淡的香味。

"那你呢？"他问道，"你怎么办？"

杰奇尔夫人再次露出了她那副整齐洁白的牙齿，然后转身走向门口。

"我也会是来追捕你的其中一个，瑞克·班纳，"她头也不回地说道，"说实话我很喜欢这种游戏。"

第二十七章

星星之火

只要敢想象，
谁都有可能改变世界。

米娜坐在国家数学竞赛的考场之中，正对着考官。

她并没有像自己之前担心的那样紧张。相反，她感到非常镇定，以至于她都懒得去回想已经学过的内容。反观其他竞赛者，都是皱着眉头，翻看着一个个的公式以及他们的笔记。

这种竞赛她爸爸应付起来肯定得心应手，不过米娜没有去想那么多。

因为她的脑子里还挂念着拉姆，那个帮助他们逃离 Z 之城的勇敢的土著小男孩，挂念着反抗军的会议，以及最后他们所形成的虚幻之地海盗联盟，这可是基穆尔科夫的反抗军向前迈出的坚实的第一步。

"嘿，"当考官开始派发试卷的时候，坐在她前面的那个男孩转过头来问道，"你不害怕吗？"

米娜摸了摸自己的额头，"为什么你会这样问我？"

"我也不知道，只是觉得你好像……很镇定的样子，我们所有人都忙着复习一个个知识点的时候，你却只坐在这里发呆，眼睛看着空中，脸上还带着微笑。"

米娜笑了笑，伸手挠着自己的手臂。虽然她在回来之后已经洗过澡了，不过那些蚊虫叮咬的肿块以及被树枝剐到的伤痕仍然留在她的身上。

"这又能说明什么呢？"

前排的小男孩有些尴尬地向四周看了看，"没什么，我的意思是说……你该不会已经知道答案了吧？我只是这样猜想的，如果……如果你已经有答案的话……那么可不可以给我……"

米娜突然笑出声来，引得教室里的其他学生纷纷转向这边。

"对不起。"米娜立刻意识到了不妥，然后轻声对着前排的男孩说，"我没有答案，你放心吧，我只是觉得……很享受，很享受这个过程。"

"很享受？"

考官来到了米娜这一排，然后将装有试卷的信封递给了她。

伴随着一阵铃声，竞赛正式开始，教室里只剩下了信封撕开的声音。

米娜打开信封，取出试卷，扫了一眼。

"是的，我只是很享受这样一个过程。"

当康纳赶到港口船只修理厂的时候整个人都是狼狈不堪的，夹杂着盐粒的黏糊糊的头发，大大的两个黑眼圈，手臂上的各种伤痕。

不过不管怎么说，他还是赶上了，依塔卡号正准备被送进去进行维修。

"怎么了，小伙子？"港务局的工作人员有些犹豫地看着康纳问道，"你该不会是去蹦极的时候忘了系绳子吧？"

"什么臭味？"一个修船厂的女保安捂着鼻子，有些不满地抱怨道，"虽然今天你也是来帮忙一起工作的，可是来之前好歹先洗个澡哇！"

"你昨天晚上去干什么了？"工作人员问道。

康纳叹了口气，"我先是开着一艘船在海上遇到了风暴，然后被一艘巨大的潜艇给撞飞了。之后还开着一架水上飞机逃离了一个食人族的村庄，最后我去参加了一个海盗会议，我这样说你们信吗？"

"你太有才了，小伙子！"港务局的工作人员给了康纳厚厚的一摞文件，"你太有才了，真的！"

"你昨晚到底喝了多少？"女保安戴上了手套，问道。

"我也不知道喝了有多少升……海水，是咸的那种。"

工作人员笑着摇了摇头，"也许你可以把你的这些故事写成一本书，有人之前给过你这样的建议吗？"

康纳微笑着回答说："两只手都数不过来呢！"

"我可以进来吗？"

穆雷的母亲站在房间的门口问道。

地上的东西一塌糊涂地堆在一起——一个书包倒着翻在地上，脏衣服到处都是（其中有几件还是破的），内裤和落单的袜子随处可见，床上还有一个罗盘（怎么会有罗盘），书桌上散落着各种图纸和书本。

妈妈转身掩上房门，然后走向浴室，浴室的门紧闭着，"穆雷？我要进来了！"

洗澡的水声。

嘀咕声。

有什么东西掉在了地上，也许是沐浴液的瓶子。

接着是一阵咒骂声。

然后又是水声。

这是怎么回事？刚才穆雷还一直在浴室里唱着那些不知所云的歌曲，也许是游戏里的音乐，也可能是动画里的音乐。

现在怎么开始咒骂起来了？好像是在骂一个叫阿什利的人……阿什利？

她竖起耳朵，不对，不对，是哈斯利！

妈妈摇了摇头，她唯一认识的一个哈斯利是一位作家，自己也不是特别喜欢他的作品。

水声突然停了下来。不一会儿，穆雷打开了浴室的门，一丝不挂，身上还在不停地滴水。

"妈妈！"穆雷赶紧扯下浴巾围在自己的腰间，"你来之前怎么没有说一声啊？"

"我都已经喊了你一个小时了，再说了，你本来就是我生的，你的身体我都看过，亲爱的儿子。"

由于找不到拖鞋，穆雷只能光着脚穿过过道，然后从自己房间的抽屉里取出来一条拳击裤和一件干净的 T 恤，迅速穿上。他的身上都是伤痕和肿块，这可不能让妈妈看见。

"学校里都还好吗？"妈妈假装自己什么都没有看到，以避免问出那些模式化的母亲的问题。

她知道在周末的时候穆雷和他的朋友们出海去冒险了，她也很清楚穆雷口中所说的海不过是一片泥地水塘而已。

那他身上的那些伤疤是哪里来的呢？

穆雷抬了抬眉毛，"你说学校？怎么了？都好哇！"

妈妈来到了书桌边，拿起一张图，看起来像是一张十分复杂的地图，上面的字迹并非是儿子的，特别是所有的字母"i"都被加重了。

"这都是些什么东西？"妈妈问道。

穆雷小心翼翼地拿过妈妈手上的那张纸，将其放在了书堆的最上面。

"这是我们的计划。"穆雷严肃地回答说。

"你们的计划？"

"为了帮助那些囚犯越狱。"

妈妈愣在原地，不知道该不该把儿子的话当真。"囚犯越狱？你们打算去救你的父亲吗？"

"如果他愿意进入虚幻之地海盗联盟的话，"穆雷回答说，"同时他也得和我们一起战斗。"

"战斗？和谁？"妈妈虽然无法理解对话的内容，不过总算是松了口气，虚幻之地？海盗？看来没必要太当真了。

"和虚幻印地会的船队。"穆雷说道，"因为朗·约翰·希尔弗如果没有我的帮助，恐怕赢不了。"

"我明白了，"妈妈停顿了一下，继续说道，"所以这也就是你每个周末和伙伴们一起去做的事情吗？"

穆雷有些奇怪地看了妈妈一眼，这当然就是他们每个周末都做的事情，这么简单的问题。

"那做这件事情会有危险吗？"

"所有的事情都有它的代价，更何况我们是要去争取自由，妈妈。"

穆雷说话的口吻让克拉克女士想到了自己的丈夫。

她也意识到不管穆雷在做什么事情，对于自己来说最重要的是信任他。

应该放手让他去完成自己的冒险。

"那你一定要加油哇。"妈妈回答说。

她本来想说"那你一定要胜利呀"，不过话到嘴边却又收了回去，因为她想到了穆雷的父亲，也许他就是在面对挑战的时候失败了一次。

妈妈轻轻地拍了拍穆雷的肩膀，决定让他自己去面对自己的伤痕和挑战，让他自己去攻克虚幻之地的强敌。

全书终

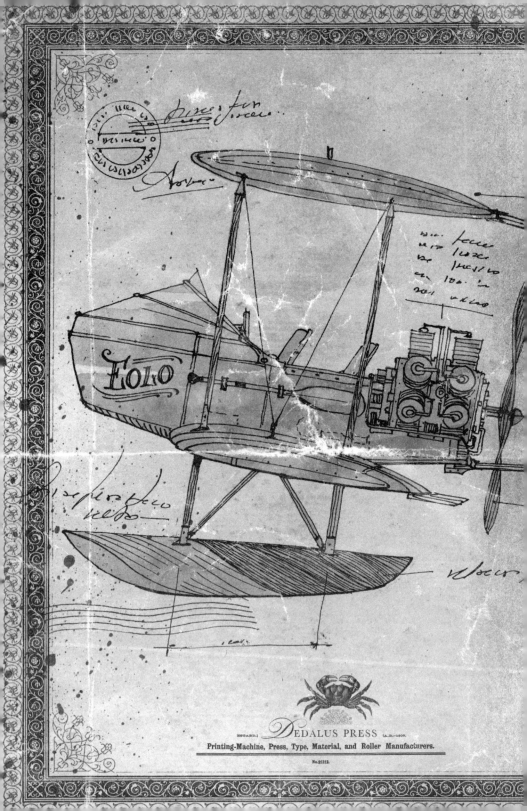

DEDALUS PRESS [ESTABD.] [A.D. 1905]

Printing-Machine, Press, Type, Material, and Roller Manufacturers.

No. 21212.

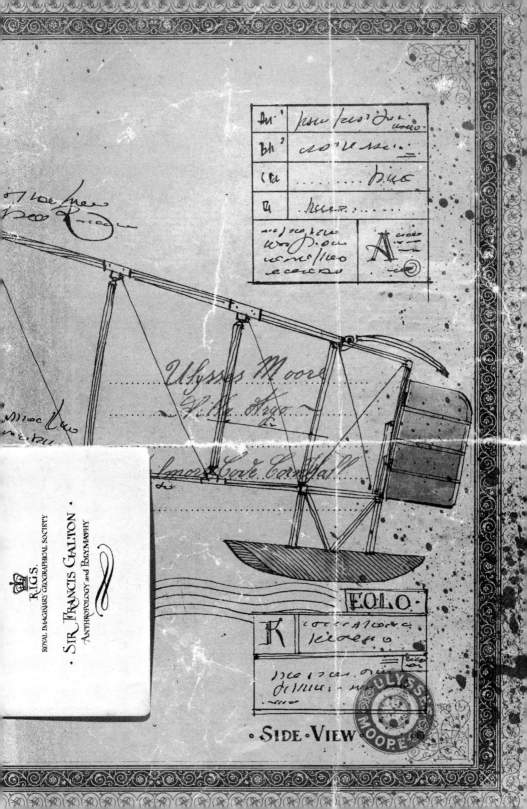

Ulysses Moore

Villa Argo

EOLO

· SIDE · VIEW ·